Deborah Levy

Coisas que não quero saber

Uma resposta ao ensaio
"Por que escrevo", de George Orwell

TRADUÇÃO
Celina Portocarrero
Rogério Bettoni

2ª edição

autêntica contemporânea

Copyright © 2013 Deborah Levy

Título original: *Things I Don't Want to Know: A Response to George Orwell's 1946 Essay "Why I write"*

Na página 28, a frase "Eu simplesmente não via lugar nenhum para onde ir" faz referência a um verso do poema "A luz e o teixo", de Sylvia Plath.

Todos os direitos reservados pela Autêntica Editora Ltda. Nenhuma parte desta publicação poderá ser reproduzida, seja por meios mecânicos, eletrônicos, seja via cópia xerográfica, sem a autorização prévia da Editora.

EDITORAS RESPONSÁVEIS
Ana Elisa Ribeiro
Rafaela Lamas

REVISÃO
Cecília Martins
Sonia Junqueira

CAPA
Allesblau

IMAGEM DE CAPA
Rafaela Pascotto

DIAGRAMAÇÃO
Waldênia Alvarenga

Dados Internacionais de Catalogação na Publicação (CIP)
(Câmara Brasileira do Livro, SP, Brasil)

Levy, Deborah
 Coisas que não quero saber : uma resposta ao ensaio : "Por que escrevo", de George Orwell / Deborah Levy ; tradução Rogério Bettoni, Celina Portocarrero. -- 2. ed. -- Belo Horizonte, MG : Autêntica Contemporânea, 2023.

 Título original: Things I Don't Want to Know : A Response to George Orwell's 1946 Essay "Why I write".
 ISBN 978-85-8217-864-5

 1. Escrita 2. Literatura inglesa 3. Memórias autobiográficas I. Título.

23-140988   CDD-828

Índices para catálogo sistemático:
1. Memórias autobiográficas : Literatura inglesa 828

Aline Graziele Benitez - Bibliotecária - CRB-1/3129

A **AUTÊNTICA CONTEMPORÂNEA** É UMA EDITORA DO **GRUPO AUTÊNTICA**

Belo Horizonte
Rua Carlos Turner, 420
Silveira . 31140-520
Belo Horizonte . MG
Tel.: (55 31) 3465 4500

São Paulo
Av. Paulista, 2.073 . Conjunto Nacional
Horsa I . Sala 309 . Bela Vista
01311-940 . São Paulo . SP
Tel.: (55 11) 3034 4468

www.grupoautentica.com.br
SAC: atendimentoleitor@grupoautentica.com.br

*Todos os animais são iguais, mas alguns animais
são mais iguais do que outros.*
George Orwell, *A revolução dos bichos* (1945)

*Eu sei, em linhas gerais, como me tornei escritor.
Não sei exatamente por quê. Teria mesmo necessidade,
para existir, de alinhar palavras e frases? Bastava-me,
para viver, ser o autor de alguns livros? [...]
Será preciso que, um dia, eu comece a me servir das
palavras para desmascarar o real,
para desmascarar a minha realidade.*
Georges Perec, *Espèces d'espaces* (1974)

1
Objetivo político

Você não é nada mais do que sua vida.

Jean-Paul Sartre, *Entre quatro paredes* (1944)

Naquela primavera, numa fase em que a vida estava muito difícil e eu guerreava com minha sorte e simplesmente não via lugar nenhum para onde ir, eu parecia chorar com mais frequência nas escadas rolantes das estações de trem. Era agradável descer por elas, mas alguma coisa me provocava o choro quando eu ficava imóvel e era carregada para cima. Vindas aparentemente de lugar nenhum, as lágrimas brotavam de mim, e no instante em que eu chegava ao topo e sentia uma lufada de vento, todo o meu esforço era necessário para que eu parasse de soluçar. Era como se o impulso da escada rolante me levando para a frente e para cima fosse a expressão física de uma conversa que eu estava tendo comigo mesma. As escadas rolantes, que quando de sua invenção eram conhecidas como "escadas viajantes" ou "escadarias mágicas", haviam misteriosamente se tornado zonas de perigo.

Assegurei-me de ter muito o que ler nas viagens de trem. Pela primeira vez na vida eu sentia prazer em ler colunas de jornal sobre o que acontecera com o cortador de grama do colunista. Quando não estava absorvida nesse tipo de coisa (que era como ser atingida por um dardo tranquilizante), o livro que eu mais lia era *Do amor e outros demônios*, romance de Gabriel García Márquez. De todas as personagens amadas e desprezadas, que sonhavam e faziam planos em redes sob o céu azul do Caribe, a única que realmente me interessava era Bernarda Cabrera, a depravada esposa de um marquês que desistira da vida e do casamento. Para fugir da própria vida, Bernarda Cabrera é apresentada por seu amante escravo ao "chocolate mágico" de Oaxaca e começa a vivenciar um estado de delírio. Viciada em barras de cacau e mel fermentado, passa a maior parte do dia deitada nua no chão do quarto, "cercada pelo fulgor de suas flatulências letais". No momento em que eu saía do trem e começava a chorar na escada rolante que parecia me convidar a ler minha mente (numa época da vida em que preferia outras leituras), comecei a considerar Bernarda um exemplo a seguir.

Soube que as coisas precisavam mudar quando, um dia, me peguei encarando um pôster no meu banheiro com o título "Sistema Ósseo". Nele havia um esqueleto humano com o nome dos órgãos e ossos escritos em latim e cujo título eu muitas vezes lia rapidamente como "Sistema Social". Tomei uma decisão. Se escadas rolantes haviam se tornado máquinas de uma emotividade tórrida, um sistema que me transportava para lugares aos quais eu não queria ir, por que não comprar uma passagem de avião para algum lugar aonde eu realmente quisesse ir?

Três dias depois, fechei meu laptop novinho em folha e me vi sentada na poltrona 22C, corredor, com destino a Palma de Maiorca. Quando o avião decolou, percebi que estar imobilizada entre o céu e a terra era um pouco como estar numa escada rolante. O homem que teve o azar de se sentar ao lado de uma mulher em prantos parecia já haver servido no exército e agora passava a vida deitado na praia. Gostei de o meu companheiro de classe econômica ser um cara durão, de ombros largos e manchas irregulares de sol riscando-lhe o pescoço grosso, mas não queria que ninguém tentasse me consolar. Minhas lágrimas, porém, pareceram lançá-lo num coma tântrico consumista, porque ele chamou a comissária e pediu duas latas de cerveja, uma coca com vodca, uma coca extra, uma lata de Pringles, uma raspadinha, um ursinho de pelúcia recheado com barrinhas de chocolate e um relógio suíço em promoção, e perguntou se a companhia aérea tinha um daqueles questionários que a gente preenche e concorre a um sorteio de férias com tudo pago. O militar bronzeado empurrou o urso de pelúcia no meu rosto e disse, "no mínimo isso aqui vai te alegrar", como se o urso fosse um lenço com olhos de vidro costurados.

Quando o avião aterrissou em Palma às 11 da noite, o único taxista disposto a me levar montanha acima pelas estradas íngremes devia ser cego, porque seus olhos eram cobertos por duas manchas brancas. Ninguém que estava na fila queria admitir o medo de que ele batesse o carro, por isso o evitaram quando estacionou no ponto. Depois de negociarmos o preço, ele saiu dirigindo sem olhar para a estrada, com os dedos no botão do rádio e olhando para os pés. Uma hora depois, começou a manobrar a Mercedes por uma estrada estreita ladeada de pinheiros que dava a impressão de ser mais longa do que realmente era. Conseguiu subir metade do caminho e de repente gritou "NÃO NÃO NÃO", parando o carro bruscamente. Pela primeira vez em toda aquela primavera, tive vontade de rir. Ficamos sentados no escuro, um coelho passou correndo pela grama, nós dois sem saber o que fazer. Por fim, dei-lhe uma boa gorjeta por dirigir naquela estrada perigosa e comecei a longa caminhada pela trilha escura que, pelo que me lembrava vagamente, levava ao hotel.

O cheiro da lenha que queimava na lareira das casas de pedra lá embaixo, o sino das ovelhas que pastavam nas montanhas e o estranho silêncio que se instalava entre um e outro repicar dos sinos me deram uma repentina vontade de fumar. Eu tinha parado de fumar havia muito tempo, mas comprei um maço de cigarros espanhóis no aeroporto, plenamente decidida a voltar. Sentei-me numa pedra úmida embaixo de uma árvore um pouco para fora da trilha, apoiei o laptop nas pernas e acendi o cigarro sob as estrelas.

Fumar um cigarro espanhol vagabundo e com cheiro de meia suja embaixo de um pinheiro era muito melhor do que tentar me controlar em escadas rolantes. Senti certo alívio por me perder literalmente quando já estava perdida em todos os outros sentidos, e justamente quando pensei que talvez teria de passar a noite na montanha, ouvi alguém gritar meu nome. Várias coisas aconteceram ao mesmo tempo. Ouvi passos pela trilha e então vi os pés de uma mulher com sapatos de couro vermelho vindo em minha direção. Ela gritou meu nome de novo, mas por algum motivo fui incapaz de associar a mim o nome que ela gritava. De repente a luz de uma lanterna brilhou no meu rosto, e, ao me ver sentada numa pedra embaixo de uma árvore fumando um cigarro, a mulher disse, "Ah, aí está você".

Ela tinha o rosto absurdamente pálido – será que era louca? Então me dei conta de que a louca era eu, porque ela estava tentando me tirar de uma pedra na beira de uma montanha, com trajes de praia numa noite em que a temperatura estava abaixo de zero.

"Eu vi você entrando na floresta. Acho que está perdida, não é?"

Fiz que sim com a cabeça, mas devo ter parecido confusa, porque ela disse, "Eu sou a Maria".

Maria era dona do hotel e parecia muito mais velha e entristecida do que da última vez que nos vimos. Ela provavelmente pensou o mesmo de mim.

"Olá, Maria."

Levantei-me. "Obrigada por vir atrás de mim."

Andamos em silêncio até o hotel e ela apontou com a lanterna para a curva onde eu errara o caminho, como se fosse um detetive reunindo provas para algo que a gente não conseguia compreender.

Quem fazia reservas naquela *pensión* queria coisas específicas: um lugar tranquilo perto de um pomar de cítricos e de cachoeiras, quartos grandes e baratos, um ambiente calmo para descansar e pensar. Não há frigobar, televisão, água quente nem serviço de quarto. Nunca anunciada em guias turísticos, a publicidade boca a boca garantia a lotação máxima em alta estação. A primeira vez que me hospedei ali foi aos vinte e poucos anos, quando escrevia meu primeiro romance numa máquina Smith Corona que eu carregava dentro de uma fronha; depois voltei quase aos quarenta anos, quando estava apaixonada e carregava o que, na época, chamávamos de computador "portátil". Precisei comprar uma bolsa especial para ele, retangular e comprida, com acolchoamento extra e pequenos compartimentos para mouse e teclado. Eu o adorava, ainda mais por poder usá-lo em qualquer quarto de hotel com a extensão que comprara no aeroporto. Naquela tarde seca de agosto em que portei meu (pesadíssimo) computador portátil até o alto dessa montanha, junto com todas as outras malas, eu usava um vestido azul curtinho de algodão, um tênis de camurça e estava tão feliz quanto me era possível. Quando a felicidade acontece, parece que nada aconteceu antes dela, é uma sensação que só se dá no tempo presente. Eu gostava de estar sozinha sabendo que voltaria para meu amado, o grande amor da minha vida. Telefonei para ele todas as noites, da velha cabine perto da pizzaria, apertando na mão o punhado de moedas suadas de cem pesetas que conectavam nossas vozes, inserindo-as na fenda e acreditando que o amor, o Grande Amor, era a única estação na qual eu viveria.

Embora o amor tivesse se transformado em uma coisa que eu não reconhecia, a varanda na frente da *pensión*, com suas mesas e cadeiras embaixo das oliveiras, parecia exatamente a mesma de quando eu me hospedara ali. Tudo estava igual. O chão de mosaicos. As portas pesadas de madeira que davam para a antiga palmeira no pátio. O piano de cauda que brilhava majestoso no saguão. As pedras grandes e frias das paredes caiadas. Meu quarto também era exatamente o mesmo, só que, dessa vez, quando abri as portas do armário carunchado e vi pendurados os mesmos quatro cabides de arame, eles pareceram ter a forma dos ombros de um ser humano desamparado.

Dei início aos rituais comuns de quem viaja só, como tantas vezes viajei na vida: desenrolar os fios e plugar precariamente na tomada o adaptador europeu de dois pinos, ligar o computador, carregar o celular, arrumar na pequena escrivaninha os dois livros e um caderno que levara comigo. Primeiro, o bem manuseado *Do amor e outros demônios*; depois, *Un Hiver à Majorque* [Um inverno em Maiorca], de George Sand, relato do ano que ela passou em Maiorca com seu amante, Frederick Chopin, e os dois filhos de seu primeiro casamento. O caderno que eu levara tinha a etiqueta "POLÔNIA, 1988". Talvez tivesse sido mais romântico descrevê-lo como "meu diário" ou "minha agenda", mas para mim ele era um caderno de anotações, talvez até um bloquinho de detetive, pois eu estava sempre reunindo provas para algo que não conseguia compreender.

Em 1988, eu tomava notas na Polônia, mas para quê? Peguei-me folheando as páginas para me lembrar.

Em outubro de 1988, eu tinha sido convidada para escrever sobre um espetáculo dirigido por Zofia Kalinska, a renomada atriz polonesa que colaborara em diversas produções com Tadeusz Kantor, diretor de teatro, pintor e autor. Meu caderno começa no aeroporto de Heathrow, em Londres. Estou num avião (LOT Airlines) rumo a Varsóvia. Quase todos os passageiros são fumantes inveterados, e toda a tripulação feminina tinha o cabelo pintado de louro platinado. Quando passam no corredor com o carrinho para entregar aos fumantes entusiasmados um "refresco" irreconhecível (suco de cereja?) num copo cinzento de plástico, parecem enfermeiras belicosas entregando remédio a pacientes problemáticos. Essa cena apareceu num romance que escrevi duas décadas depois – as comissárias de bordo da LOT Airlines se transformam em enfermeiras importadas da Lituânia, de Odessa e de Kiev para realizar terapia eletroconvulsiva nos pacientes de um hospital em Kent, na Inglaterra.

Ao que parece, era para esse romance que eu reunia dados vinte anos antes de começar a escrevê-lo.

E então meu caderno me diz que estou num trem na Varsóvia, vagão 5, poltrona 71, indo para a Cracóvia, onde mora Zofia Kalinska. Ali testemunho uma cena que caberia perfeitamente nas performances de Kantor. Um soldado se despede de três mulheres – a irmã, a mãe e a namorada. Primeiro ele beija a mão da mãe. Depois beija o rosto da irmã. Por fim, beija os lábios da namorada. Também anoto que a economia da Polônia está em colapso, que o governo aumentou o preço dos alimentos em quarenta por cento, que têm acontecido greves e manifestações nas metalúrgicas e siderúrgicas em Nowa Huta e no estaleiro de Gdansk.

Parece que meu interesse (segundo meu bloco de detetive) é o ato de beijar no auge de uma catástrofe política.

Estou na Cracóvia. Zofia Kalinska usa dois colares (xamanísticos) para o ensaio de sua peça: um de turquesa opaca e um de losna. Anoto que o absinto é feito de losna. Não eram os antigos egípcios que a curtiam no vinho e usavam como remédio para diversas afecções? Eu tinha lido em algum lugar que o absinto, com sua inebriante mistura de erva-doce e anis verde, era dado às tropas francesas no começo do século XIX para prevenir a malária. Os soldados voltavam para a França encantados com a "fada verde". Eles podiam até não ser picados pelos mosquitos, mas certamente eram mordidos por uma criatura alada, uma metáfora, quando jaziam feridos em suas camas de campanha, tendo alucinações. Lembrei-me de perguntar a Zofia sobre os colares. Ela está com sessenta e poucos anos e atuou em algumas das produções teatrais de vanguarda mais famosas da Europa – inclusive *A classe morta*, de Kantor, em que algumas personagens aparentemente mortas são confrontadas por manequins que as fazem lembrar-se dos sonhos da juventude. Hoje, Zofia vai fazer alguns comentários para seus atores da Europa Ocidental.

"A forma nunca deve ser maior do que o conteúdo, sobretudo na Polônia. Isso tem a ver com nossa história: a repressão, os alemães, os russos – nós sentimos vergonha de ter tanta emoção. Devemos ter cuidado com a emoção no teatro, não devemos simulá-la. Nas minhas produções, que têm sido descritas como 'surreais', não existe isso de emoção surreal. Ao mesmo tempo, não estamos fazendo teatro psicológico, não estamos imitando a realidade."

Ela pede a uma jovem atriz para projetar a voz.

"Projetar a voz não tem a ver com falar mais alto, mas com se sentir no direito de exprimir um desejo. A gente sempre hesita quando deseja alguma coisa. Nas minhas peças, gosto de mostrar a hesitação em vez de escondê-la. A hesitação é diferente da pausa. É uma tentativa de barrar o desejo. Mas quando você está pronta para agarrar esse desejo e colocá-lo em palavras, você pode sussurrar que a plateia inteira vai ouvir."

Nesse instante, ela tem uma ideia. Diz que o figurino da atriz que interpreta Medeia está todo errado. Medeia matou os filhos, portanto deveria usar um vestido com um buraco cortado na barriga. Zofia explica que é uma imagem poética, mas que a atriz não deve dizer o texto como se fosse poesia.

Ocorreu-me que, ao longo dos anos, apliquei na minha escrita as observações que Zofia fizera para os atores. O conteúdo devia ser maior do que a forma – sim, uma observação subversiva para uma escritora como eu, que sempre experimentava com a forma, mas errada para o escritor que nunca experimentou com a forma. É a observação errada para o escritor que nunca se perguntou o que aconteceria se o soldado da Varsóvia beijasse a mãe na boca e a namorada na mão. E sim, não existia isso de emoção surreal. Sua outra mensagem era que a emoção, que sempre estremece a fleuma típica da vanguarda, é mais bem transmitida numa voz que soa como gelo. Quanto às estratégias usadas pelos escritores de ficção para revelar como suas personagens tentam barrar um desejo guardado há muito tempo – para mim, a história dessa hesitação é o sentido da escrita.

Não sei por que levei o caderno polonês para Maiorca. Pensando bem, eu sabia. No verso da capa havia o rabisco de dois menus poloneses que eu pedira a Zofia para traduzir:

Borscht branco com ovo cozido e salsicha.
Cozido tradicional de carne com purê de batatas.
Refrigerante.

OU

Sopa polonesa tradicional de pepinos.
Charuto de repolho recheado com carne e purê de batatas.
Refrigerante.

Usei esses mesmos menus no romance *Nadando de volta para casa*, ainda inédito, que escrevi duas décadas depois, o livro em que a tripulação da LOT Airlines se metamorfoseia em enfermeiras de Odessa, mas não queria pensar naquilo. Fechei o caderno. Depois de algum tempo, coloquei-o na escrivaninha e arrumei a cadeira.

Na manhã seguinte, ao acordar às oito da manhã, ouvi Maria gritando com o irmão, que gritava com a faxineira. Tinha me esquecido de como todos gritam no sul da Europa, de como as portas batem e os cães latem o tempo todo, e que do vale sempre se propaga o som de mais batidas na construção dos muros de pedra, dos reparos nos barracões, galinheiros e cercas.

E outro som. Algo tão assustador e familiar que tive vontade de tapar o ouvido com os dedos. Quando fui descendo até a varanda para o café da manhã, ouvi uma mulher soluçando. UNGH UNGH UNGH UNGH. Eu não queria saber se alguns soluços eram mais longos que outros, nem se carregavam mais tristeza devido à extensão do fôlego. Os soluços vinham da área de serviço bem acima da varanda, onde se guardavam vassouras e esfregões. Maria chorava sobre os braços repousados na máquina de lavar. Ela viu que eu me dirigia a uma mesa e me deu as costas.

Dez minutos depois, trouxe o café da manhã numa bandeja de prata: potinhos de iogurte caseiro e mel escuro, pães quentes, uma grande caneca de café aromático com um bule de leite ao lado, um copo de água mineral com uma fatia de limão, e dois damascos frescos. Maria descarregou a bandeja e não me fez nenhuma pergunta sobre minha vida em Londres, tampouco eu a questionei sobre sua vida em Maiorca. Fiz questão de mal olhar para ela, mas me imaginei como um detetive reunindo provas para algo que nenhuma de nós conseguia compreender.

Maria era uma das poucas mulheres naquela aldeia católica que não se casara nem tivera filhos. Talvez desconfiasse desses rituais por saber que, no fim das contas, acabaria explorada. Fosse como fosse, era evidente que teve outros projetos em mente. Ela concebera o sistema de irrigação do pomar de cítricos e, é claro, também a decoração daquele sossegado hotel de baixo custo. Embora atraísse principalmente viajantes solitários, era possível que Maria tivesse construído, com tranquilidade e às escondidas, um lugar que servisse de refúgio contra A Família. Um lugar que também era sua casa (o irmão morava alhures com a mulher), mas uma casa não toda sua – o controle financeiro era feito integralmente pelo irmão. Mesmo assim, Maria tentava levar uma vida que não incluísse os rituais de casamento e maternidade.

Enquanto eu mordia a polpa doce e alaranjada do damasco, peguei-me pensando em algumas mulheres – na verdade, nas mães que ficavam no pátio da escola junto comigo esperando a saída dos filhos. Agora que éramos mães, éramos todas uma sombra de nossa antiga existência, perseguidas pela mulher que costumávamos ser antes de termos filhos. Não sabíamos o que fazer com ela, essa moça impetuosa e independente que nos seguia para todo lado, gritando e apontando o dedo enquanto empurrávamos o carrinho de bebê debaixo da chuva inglesa. Tentávamos retrucar, mas nos faltava a linguagem para explicar que não tínhamos simplesmente "adquirido" um filho – tínhamos nos metamorfoseado (um corpo novo e pesado, leite nos seios, programadas pelos hormônios para correr até nossos bebês quando choravam) em alguém que não compreendíamos de todo.

> A fertilidade da mulher e a gravidez não só continuam a fascinar nossa imaginação coletiva, como também servem de santuário para o sagrado [...]. Hoje, a maternidade está imbuída do que sobreviveu ao sentimento religioso.
>
> Julia Kristeva, "Motherhood Today" [Maternidade hoje] (2005)

O mundo inteiro nunca deixou de imaginar a "Mãe" como "a Mulher". Não foi nada fácil superar a fantasia nostálgica do mundo em relação ao nosso objetivo de vida. O problema era que nós também tínhamos todo tipo de ideias extravagantes sobre o que a Mãe deveria "ser" e éramos atormentadas pelo desejo de não decepcionar. Ainda não havíamos compreendido totalmente que a Mãe, como imaginada e politizada pelo sistema social, era uma ilusão. O mundo amava a ilusão mais do que amava a mãe. Ainda assim, nos sentíamos culpadas por revelar essa ilusão caso o nicho que construíssemos para nós e nossos filhos tão amados ruísse ao redor do nosso tênis enlameado – provavelmente costurado por crianças escravas em confecções clandestinas espalhadas por todo o planeta. Para mim era um mistério, porque me parecia que o mundo masculino e seus acordos políticos (nunca a favor de crianças e mulheres) na verdade tinha ciúmes da paixão que sentíamos por nossos bebês. Como tudo o que envolve amor, nossos filhos nos faziam felizes – e infelizes – além da conta, mas nunca tão desgraçadas quanto nos faz sentir o neopatriarcado do século XXI. Ele exige que sejamos passivas porém ambiciosas, maternais porém sexualmente ativas, abnegadas porém realizadas – temos de ser a Mulher Moderna e, ao mesmo tempo, nos submeter a todo tipo de humilhação, tanto econômica quanto doméstica. Embora nos sintamos culpadas quase o tempo todo em relação a tudo, não sabemos ao certo o que estamos fazendo de errado.

Alguma coisa estranha aconteceu no modo como um grupo específico de mulheres com quem eu me encontrava no pátio da escola usava a linguagem. Elas diziam palavras que soavam infantis, mas não eram interessantes como as criadas pelas crianças. Palavras como reclaminho gemidinho sorrisinho lindinho felizinho leguminho narizinho. E criavam uma distância incômoda entre si e as mães da classe trabalhadora, a quem chamavam de "proletas". As proletas no pátio tinham menos dinheiro e educação, e comiam mais chocolate, saquinhos de batata e outras guloseimas. Diziam coisas como, Ai, meu Deus, eu não sabia para onde olhar. Colocando na balança, acho as palavras das proletas muito mais interessantes.

Ai meu Deus

Eu não sabia para onde olhar

Se as mulheres ai-meu-deus canalizavam William Blake, a linguagem que saía da boca das felizinhas reclaminhas de sorrisinho e narizinho não era nem madura nem imatura. Eu prestava atenção nessas mulheres aturdidas porque sabia que estávamos todas exaustas e aproveitando o máximo do que nosso nicho no sistema social tinha a nos oferecer. Esse fato nos tornava um pouco estranhas, achava eu.

Adrienne Rich, que eu estava lendo na época, descreveu exatamente o que acontece: "Mulher nenhuma está realmente integrada às instituições fundadas pela consciência masculina". Isso é o que havia de estranho. Eu começava a perceber que a Maternidade era uma instituição fundada pela consciência masculina. Essa consciência masculina era a inconsciência dos homens. Ela exigia que suas companheiras, que também eram mães, abdicassem do próprio desejo, realizassem o desejo deles e depois o de todo mundo. Fizemos esforço para anular nossos desejos e descobrimos que tínhamos talento para a coisa. E dedicamos boa parte da nossa energia vital à criação de um lar para nossos filhos e nossos homens.

A casa quer dizer casa familiar, um lugar feito especialmente para filhos e homens de modo a lhes conter a rebeldia e distraí-los do desejo de aventura e fuga que lhes pertence desde os primórdios. Ao tratar desse assunto, o mais difícil é chegar aos termos mais básicos e simples que definem como as mulheres veem o fantástico desafio que a casa representa:

proporcionar um centro para os filhos e os homens ao mesmo tempo. [...] A casa criada pela mulher é uma Utopia. Ela não resiste – é-lhe impossível não fazer com que os seus se interessem não pela felicidade, mas por sua busca.

Marguerite Duras, *A vida material* (1987)

Não há quem o tenha dito com mais frieza, ou mais delicadeza, do que Marguerite Duras. Não há teoria crítica feminista ou filosofia que faça um corte mais profundo – não que eu tenha lido. Marguerite usava óculos enormes e tinha um ego enorme. Seu ego enorme a ajudou a esmagar as ilusões sobre feminilidade com a sola dos dois sapatos, que eram menores do que seus óculos. Quando não estava bêbada demais, encontrava a energia intelectual para seguir adiante e esmagar mais uma. Quando Orwell descreveu o puro egoísmo como qualidade obrigatória aos escritores, talvez não estivesse pensando no puro egoísmo das escritoras. Até a mais arrogante das escritoras precisa se empenhar muito para construir um ego robusto o bastante para conseguir atravessar o mês de janeiro, tanto mais para chegar até dezembro. Ouço o ego de Duras, obtido a duras penas, falando comigo, comigo, comigo, em todas as épocas do ano.

Homens e mulheres são diferentes, afinal. Ser mãe não é o mesmo que ser pai. A maternidade pressupõe que a mulher entregue o corpo ao filho, aos seus filhos; dentro dela eles estão como se estivessem numa montanha, num jardim; eles a consomem, a chutam, dormem nela; e ela se deixa consumir, e às vezes dorme porque eles estão no seu corpo. Nada parecido acontece aos pais.

Mas talvez as mulheres ocultem o próprio desespero no processo de serem mães e esposas. Talvez, durante toda a vida, percam seu reino de direito no desespero de cada dia. Talvez suas aspirações da juventude, sua força, seu amor, tudo se escoe por feridas infligidas e sofridas de maneira totalmente legal. Talvez seja isso – mulheres e martírios andam juntos. Talvez as mulheres que se realizam por completo ostentando a própria competência, a habilidade nos jogos, a culinária e a virtude não valham um tostão.

Marguerite Duras, *A vida material* (1987)

Então Marguerite Duras está sugerindo que as mulheres podem ser tanto um continente escuro quanto um bairro bem iluminado? Mesmo que a maternidade seja o único significante feminino, sabemos que o bebê no nosso colo, se saudável e bem cuidado, acabará por se afastar do nosso seio e ver outra pessoa. Ele verá um outro. Verá o mundo e se apaixonará por ele. Algumas mães enlouquecem porque o mundo que as fez se sentir inúteis é o mesmo pelo qual os filhos se apaixonam. O bairro da feminilidade não é bom para viver. Nem é sensato buscar refúgio nos filhos porque a tendência dos filhos é sempre se aventurar no mundo para encontrar outra pessoa. Sim, diversas vezes chamei minhas filhas de volta para lhes fechar o zíper do casaco, mesmo sabendo que preferiam sentir frio e ser livres.

Muitos homens declararam que eu teria recusado qualquer valor ao sentimento materno e ao amor: não. Desejei que a mulher os vivesse verdadeira e livremente, quando muitas vezes eles lhe servem de

álibi e ela se aliena deles, a tal ponto que a alienação
permanece quando o coração já secou.

Simone de Beauvoir, *A força das coisas*
(Nova Fronteira, 2009)

Comecei a ver as felizinhas reclaminhas do pátio da
escola como esqueletos de cardigás em tons pastéis e lan-
tejoulas bordadas nos botões. As ai-meu-deus eram esqueletos de moletom. Nenhuma de nós se sentia à vontade
no sistema social que dividia o pátio, com tanta precisão e
estupidez, em esqueletos ricos e pobres.

Uma conhecida minha que também é mãe tem os
olhos tão pequenos que as felizinhas e reclaminhas os teriam
chamado de olhos de porco. Não que seus olhos fossem
literalmente pequenos: era como se quisessem desaparecer
dentro da cabeça. Sempre que nos encontrávamos no pátio,
eu me controlava para não a encarar, mas era inevitável.
Aqueles orifícios minúsculos tentavam evitar o meu olhar
quase sempre quando ela falava (excepcionalmente, é preciso dizer) que o marido – carismático porém implicante
– era o amor de sua vida. Na verdade, ele a amava tanto
que não a deixava viver a própria vida. Lembro-me de ter
pensado na época: nunca confunda amor e ódio.

É como se ela tivesse dito a si mesma, usando a voz
da consciência masculina que imitava, mas sem nenhum
direito de nela habitar, que não aturava gente burra (eu) e
que defendia certos tipos de valor. Mais confuso ainda era
ela ser obrigada a criar os filhos quase sem a participação
do marido e ainda se sentir no direito de, em nome dele,
ironizar e julgar as mães solteiras do outro lado do pátio. Seu
jeito de papaguear os valores e padrões do marido parecia
mais um sintoma de loucura do que uma loucura em si.

Na verdade, ela não era lá muito agradável, mas comecei a vê-la como uma prisioneira política. Parecia-me que seus olhos queriam desaparecer em sua cabeça porque ela se recusava a ver que havia se entregado a uma realidade que poderia matá-la.

E quanto aos meus olhos? Meus olhos, que rapidamente se enchiam de lágrimas quando eu pisava numa escada rolante, tentavam não encarar o que havia de errado na minha vida, só que, ai, meu Deus, não sabiam para onde olhar.

Eu certamente não olhava para Maria, que agora esquadrinhava o pátio, de costas para mim.

Decidi ir ao armazém da aldeia em busca do chocolate puro que tanto intoxicara a descontrolada esposa ficcional de Márquez, Bernarda Cabrera. O mais engraçado foi que o encontrei. Ali, na minha frente, junto de outros doces mais conhecidos, havia uma barra de Chocolate Negro Extrafino: Cacao 99%. Ingredientes: *cacao, azúcar*. Havia até um aviso na embalagem dizendo que o chocolate era "*intensidad*". O dono do armazém era um chinês distinto, vindo de Xangai. Desde que o conheci, ele estava sempre lendo algum livro atrás do balcão, óculos de tartaruga pousados no meio do nariz. Agora tinha mechas prateadas no cabelo, foi o que notei enquanto trocávamos amenidades: como vai, sim, nesta época há poucos turistas por aqui, sim, muito frio, a previsão é de que pode até nevar, como pretende passar o dia?

Disse a ele que andaria até a aldeia vizinha para ver o mosteiro onde George Sand e Frederick Chopin se hospedaram no inverno de 1838-1839.

Ele abriu um sorriso que mais parecia uma careta. Ah, sim. Jorge Sand. O povo não gostava dela. Ela usava roupas de homem e disse que os maiorquinos preferiam porcos a gente. Não. Jorge Sand não era uma mulher com quem ele tomaria uma garrafa de vinho. Dei uma risada, mas sem muita certeza sobre de quem ou do que eu estava rindo. Paguei o chocolate e depois, pensando melhor, comprei outra barra do 99% cacau para Maria.

George Sand (que na verdade era a baronesa Amandine Aurore Lucile Dupin) fumava uns charutões para passar o dia. Devia precisar deles, já que morava no sombrio mosteiro cartuxo de Jesus de Nazaré. Com flores murchas e aflitos santos de madeira à espreita nas alcovas, o mosteiro parecia um lugar sinistro para viver com crianças e ter um caso de amor. Segundo o guia turístico, ela não teve escolha exceto alugar quartos ali, pois ninguém teve coragem de hospedar Chopin, diagnosticado com tuberculose. Admirei-a por tentar manter a alegria diante dos filhos e se sentar para escrever usando as calças de Chopin, em vez de desperdiçar a vida reclamando das circunstâncias. Pensando nisso, saí depressa do mosteiro e caminhei entre as amendoeiras em direção ao mar de prata, que rugia feroz além dos penhascos.

Enquanto as ondas estouravam nas rochas e o vento me anestesiava os dedos, esperei alguma coisa acontecer. Acho que eu esperava uma revelação, algo grandioso e profundo que me faria estremecer por dentro. Nada aconteceu. Absolutamente nada. E então me passou pela cabeça o pôster no meu banheiro chamado "Sistema Ósseo", que eu confundia com "Sistema Social". A segunda coisa que me veio à cabeça foi o piano mudo no saguão de Maria, um piano polido todos os dias, mas nunca tocado. Não sei por que me preocupei com aquilo, só sei que me chamara a atenção. Na verdade, tentei não olhar para ele ao descer as escadas naquela manhã. Pensei em todas as coisas que eu esperava e ri. O som da minha risada cruel me deu vontade de morrer.

Mais tarde, naquela mesma noite, quando pedi ao arrogante irmão de Maria um cobertor extra para me ajudar a passar a noite na gelada Maiorca, ele fingiu não me entender. Senti o cheiro da fumaça que pairava por todo o vale e concluí que em todas as casas devia ter uma lareira acesa. Com certeza o único restaurante aberto fora de temporada teria uma lareira acesa no fundo do salão, e me dirigi para lá. Quando a garçonete veio me dizer que de jeeeeeito nenhuuuum eu poderia me sentar sozinha numa mesa posta para três, imitei o irmão de Maria e fiz de conta que não entendi. Isso motivou o casal alemão sentado ali perto – os dois usando chapéus, casacos e botas idênticos – a traduzir o que ela estava dizendo para o alemão, depois para português e, por fim, uma língua que soava como russo. Com uma determinação inacreditável, concentrei-me no cardápio, balancei irritantemente a cabeça para a garçonete furiosa e os circunspectos linguistas, até avistar o chinês dono do armazém sentado no bar. Ele acenou e foi até minha mesa para três.

Então, perguntou-me, eu ainda achava que os maiorquinos tiveram sorte de conhecer uma mulher indigna e indelicada como Jorge Sand?

Respondi que sim, que eles tiveram muita sorte em tê-la conhecido, e que eu também tive muita sorte de vê-lo naquele momento, pois estava prestes a ser arrancada da minha mesa perto da lareira. Ele se sentou e me explicou que, mesmo que ela viesse da sofisticada cozinha da França, onde todos cozinhavam com manteiga, não era correto zombar dos camponeses, como ela fazia, por cozinharem com óleo barato. Ao dizer isso, seu sotaque puxou mais para o chinês do que para o espanhol. Foi como se, de repente, sua voz tivesse caído de uma altitude para outra, como turbulência num avião. Perguntei se ele gostaria de tomar uma garrafa de vinho comigo, na minha mesa para três.

Primeiro falamos de sopa. Ele me disse que praticamente tinha se esquecido de como fazer sopa chinesa. Muito tempo atrás, aos dezenove anos, ele foi embora de Xangai num navio rumo a Paris, onde trabalhou numa peixaria. Sua quitinete no 13º *arrondissement* sempre cheirava a caranguejo e camarão, que ele cozinhava quase todos os dias. O proprietário ficava irritado e dizia que o quarto fedia a urina – como se fosse algo muito incomum em Paris. A Europa era misteriosa e enlouquecida. Ele teve de aprender uma nova língua e pagar aluguel, mas era o começo de uma vida nova, o que o deixava animado todos os dias. Agora vendia *calzone* e *bratwurst* para turistas e estava mais rico, mas ficava pensando o que mais havia para se esperar? Achei que ele estivesse me fazendo uma pergunta, mas não quis responder. Ele tomou um pequeno gole de vinho e pousou a taça na mesa com um gesto quase cirúrgico. Depois levantou a mão, esticou dois dedos e bateu de repente no meu braço.

"Você é escritora, não é?"

Não era exatamente uma pergunta honesta porque, alguns anos antes, eu o vira lendo um livro meu atrás dos queijos úmidos à vista dos turistas no balcão do armazém. Ele sabia que eu era escritora – então o que queria saber, na verdade? Tive a impressão de que me perguntava outra coisa. Acho que eu também andava me perguntando outra coisa, afinal eu não tinha chegado nem perto de descobrir por que estive chorando nas escadas rolantes.

Por isso, quando ele me perguntou, "Você é escritora, não é?", o que me veio à mente de novo foi o pôster do Sistema Ósseo pendurado no banheiro. Eu não tinha certeza se meu próprio esqueleto havia descoberto um jeito de andar em liberdade no sistema social – para começar, era bem complicado estar sozinha à noite num restaurante vazio e poder se sentar a uma mesa. Se eu fosse George Sand, teria jogado a guimba do charuto no chão, escolhido uma mesa de seis lugares e pedido em voz alta um leitão e uma jarra do melhor vinho tinto. Mas eu não queria esse tipo de cena. Na noite anterior, quando entrei à meia-noite na floresta, era exatamente desse tipo de drama que precisava. Estava perdida porque tinha errado o caminho do hotel, mas acho que queria me perder para ver o que aconteceria.

Eu ainda não tinha respondido à pergunta do chinês dono do armazém, "Você é escritora, não é?". Naquela primavera, numa fase em que a vida estava muito difícil e eu simplesmente não via lugar nenhum para onde ir, era impossível dizer "sim", "humm" ou até mesmo concordar com a cabeça. Acho que senti vergonha do que pensei. De todo modo, a resposta seria longa, mais ou menos assim: "Quando uma escritora leva uma personagem feminina para o centro de sua investigação literária (ou de uma floresta) e essa personagem começa a projetar sombra e luz para todo lado, ela precisa encontrar uma linguagem em parte relacionada ao aprendizado de como se tornar um sujeito e não uma ilusão, e em parte relacionada ao desenlace de como ela mesma foi construída pelo sistema social, antes de tudo. Precisa ser prudente para se dedicar a isso, porque ela mesma tem muitas ilusões. Na verdade, seria melhor que ela fosse misteriosa. É exaustivo aprender a se tornar sujeito, é bastante difícil aprender a se tornar escritora".

Eu não soube conectar as ideias, e uma parte de mim não queria perder nem mais um segundo da vida pensando (de novo) nessas coisas todas. Então deixei os pensamentos suspensos como uma onda que esperasse rebentar, e eu ainda não tinha respondido à pergunta do chinês dono do armazém.

Ele bateu no meu braço de novo. E despejou mais vinho na minha taça. Seu olhar era límpido e dócil. Tentava me fazer falar, e era nítido que queria ouvir uma história longa, não apenas "sim" ou "não", ou ainda "hum" ou um encolher de ombros. Achei que eu não perderia nada se lhe falasse sobre chorar nas escadas rolantes.

Ele disse, você sabe que eu falo espanhol e também francês. Mas meu inglês não é tão bom. Você fala chinês?

Não.

Fala francês ou espanhol?

Não.

Mas por que vocês ingleses não falam outra língua?

É verdade, respondi, mas você sabe que eu também não sou totalmente inglesa?

Ele ficou surpreso com minhas palavras, bem como a garçonete, cujos olhos rugiam ferozes enquanto espreitava por ali. É claro que a pergunta seguinte foi onde eu tinha nascido. Comecei a falar com o chinês, em inglês, sobre onde eu tinha nascido, mas não tenho certeza se cheguei a dizer tudo o que vocês vão ler agora.

2

Impulso histórico

Gradualmente foi se revelando para mim
o que toda grande filosofia foi até o momento:
a confissão pessoal de seu autor, uma espécie
de memórias involuntárias e inadvertidas.
Friedrich Nietzsche, *Além do bem e do mal*
(Companhia das Letras, 2005)

I. Joanesburgo, 1964

Neva na África do Sul do apartheid. Neva numa zebra e neva numa cobra. Neva nos óculos do meu pai e por um instante não consigo ver seus olhos. Tenho cinco anos de idade e só conheço a neve pelas fotografias nos livros. Meu pai me pega pela mão e descemos a escada do alpendre vermelho até o jardim para ver mais de perto nosso pessegueiro. Está coberto de cristais de gelo. Vamos fazer um boneco de neve, mesmo que estejamos sem luva e cachecol, diz papai, mas não se preocupe, pode continuar, não é todo dia que neva na África.

Primeiro fazemos o corpo, cavando punhados daquela neve milagrosa de Joanesburgo, e vamos batendo com a mão até formar uma bola grande. Por último fazemos a cabeça do boneco, traçando um grande sorriso com um graveto que tinha caído do pessegueiro. O que vamos usar nos olhos? Corro para dentro da casa e volto com dois biscoitos de gengibre. Escavamos os olhos e enfiamos os biscoitinhos na cabeça de neve. Ao anoitecer, fazemos o caminho de volta para o bangalô alugado no bairro de Norwood, subimos os degraus encerados que levam ao alpendre vermelho que leva a uma porta que abre para a cozinha onde há uma despensa com um saco de laranjas encostado na parede descascada.

Lá fora, o boneco de neve sob as estrelas africanas. No dia seguinte, íamos fazê-lo mais alto e mais gordo, e com um cachecol.

Naquela noite, quando já estou na cama, a divisão especial da polícia bate na porta do nosso bangalô. Mandam chamar meu pai e lhe pedem para arrumar uma mala. Dois policiais fumam no jardim, observados pelo boneco de neve cujos olhos são redondos e fundos. A mala que meu pai arruma é bem pequena. Isso quer dizer que ele volta logo? Os homens o seguram pelo ombro com as mãos enormes. Papai tenta abrir um sorriso para mim, um sorriso igual ao do boneco de neve, com os cantos virados para cima. Agora os homens o levam embora a passos largos, homens que torturam outros homens e que às vezes têm suásticas tatuadas no pulso, sei disso por causa de conversas de papai e mamãe que entreouvi. Tem um carro estacionado na porta. Os homens dizem "ANDA ANDA ANDA". O carro branco arranca com meu pai lá dentro. Aceno, mas ele não acena de volta.

Saio de pijamas até o jardim e faço uma pergunta ao boneco de neve. Falo com ele como as pessoas falam com Deus, falo com ele na minha cabeça e ele responde.

"O que vai acontecer?"

O boneco de neve me diz: "Seu pai vai ser jogado numa masmorra e depois torturado, ele vai gritar a noite toda e você nunca mais vai vê-lo de novo".

Sinto alguém acariciando meu cabelo. Agora as grandes mãos negras de Maria cobrem meu rosto, as palmas pressionam minhas bochechas. Maria é uma mulher zulu alta, que guarda no bolso um estoque secreto de balas de goma chamadas Pinkies, embrulhadas em papel encerado. Maria também está chorando e diz, "Se você não acredita no apartheid, pode acabar sendo presa. Você precisa ser corajosa, hoje e amanhã, e um monte de crianças também precisa, porque o pai e a mãe delas também foram levados embora".

Maria é minha babá e mora com a gente. Ela tem uma filha da minha idade chamada Thandiwe, mas diz que o outro nome de Thandiwe é Doreen para que os brancos consigam dizê-lo. O nome verdadeiro de Maria é Zama. Eu consigo dizer Zama, mas ela me diz para chamá-la de Maria, que minha mãe diz ser um nome espanhol e italiano.

"O que Thandiwe está fazendo agora, Maria?"

Toda vez que pergunto a Maria sobre a filha, ela faz um estalo com a língua. Acho que o estalo significa PARE, pare de me perguntar sobre Thandiwe. Quando voltamos à cozinha, ela me pede para lhe passar Vasenol nos pés. Maria sempre tem uma latinha de Vasenol no bolso, junto com as Pinkies. Ela pega a lata e eu me sento no chão para que ela apoie o pé direito no meu colo. Os calcanhares de Maria têm a pele seca e rachada, por isso ela me pede para lhe "polir" os pés com a geleia oleosa até meus dedos esquentarem. Ao mesmo tempo, observo minha mãe telefonar para advogados e amigos enquanto meu irmão Sam, de um ano, dorme em seu ombro. Quando mamãe faz um sinal com os olhos para Maria, é porque não quer que eu escute o que está dizendo.

"O que Thandiwe está fazendo agora, Maria?"

Na semana passada, quando Thandiwe esteve lá em casa, Maria botou a gente na banheira e nos esfregou com um sabonete Lux novinho. Ficamos olhando uma para a outra e revezando para segurar o sabonete. Maria até deu uma Pinkie para cada uma, por isso deve ter sido um dia especial, e depois passou um pouco de Vasenol nos nossos lábios que estavam "rachados" por causa do sol. Na hora de Thandiwe ir embora, ela chorou como se fosse uma torneira aberta. As lágrimas jorravam dos olhos dela e caíam na toalha enrolada na cintura. Ela chorava enquanto a mãe a segurava no colo e lhe calçava os sapatos novinhos do uniforme escolar que tinha comprado com seu salário. Os braços da menina que cheirava a Lux estavam em volta do pescoço da mãe. Thandiwe não deveria estar na nossa casa porque era negra. Eu tinha prometido não contar a ninguém, ninguém mesmo. Às vezes eu chamava Thandiwe de Doreen, às vezes não. Doreen ainda chorava quando Maria saiu do bangalô para levá-la até o ponto de ônibus "só para negros", de onde ela voltaria para a "comunidade" onde morava. Maria lhe disse que ela precisava ser corajosa e que sua avó estava esperando para ver os sapatos novos. Observar Thandiwe tentando ser corajosa foi a pior coisa que aconteceu na minha vida, além de papai sendo levado embora. Não sei o que aconteceu depois que passei Vasenol nos pés de Maria, mas mais tarde eu estava na cama, e minha mãe deitada comigo. Quando minha cabeça encostava na dela, era dor e também amor.

De manhã, o boneco de neve tinha derretido. Desapareceu igual ao papai.

O que é um boneco de neve? Uma figura paterna arredondada que as crianças fazem para tomar conta da casa. É imponente, pleno de sentido e materialidade, mas também imaterial, frágil, espectral. Eu sabia que ele tinha se tornado um fantasma de neve desde o momento que fizemos seus olhos com biscoito de gengibre.

II

Dois anos depois eu estava com sete anos e papai continuava sumido, mas minha mãe dizia que ele ia voltar. Encarei os olhos pintados da minha boneca Barbie e pensei na situação. Meu pai estava sumido. Estava sumido porque era membro do Congresso Nacional Africano, e o governo tinha banido o CNA porque não concordava com sua luta por direitos humanos iguais. Todos precisavam ser corajosos.

Procurei nos olhos azuis da Barbie algum sinal de que ela não fosse corajosa. Para meu alívio, não encontrei nada, porque seus olhos eram pintados. Ela era o mais calma e linda possível, e eu queria ser assim também. Eu adorava que minha boneca tivesse vindo com quatro perucas e um secador de cabelos. A Barbie com certeza não era afetada pelas coisas horríveis que aconteciam no mundo. Eu gostaria de ter olhos azuis pintados, com cílios pretos longos. Queria olhos que não guardassem segredos (onde está seu pai?) por não haver segredos para guardar (está numa masmorra sendo torturado). A Barbie era de plástico e eu também queria ser de plástico.

Na escola, quando eu tentava falar, fazia um esforço enorme para minhas palavras saírem alto. O volume da minha voz tinha abaixado, e eu não sabia como aumentá-lo. O dia inteiro me pediam para repetir o que eu tinha acabado de dizer, e eu tentava, mas repetir as coisas não as tornava mais altas.

"Você é muda?"

Eu disse às crianças que meu pai estava fora, na Inglaterra.

"Onde?"

"Inguilaterra."

Eu não tinha certeza de onde era a Inglaterra ou de onde exatamente meu pai estava, mas minha professora de africâner olhou para mim como se soubesse de tudo. Eu estava pensando na expressão "do nada", que em inglês é "*out of the blue*", "do azul". Era emocionante pensar no azul de onde as coisas vinham. Havia um azul, ele era grande e misterioso, era como névoa ou gás e era como um planeta, mas também uma cabeça humana que tem a forma de um planeta. *Out of the blue*, minha professora me perguntou como eu soletrava meu sobrenome.

L-E-V-Y.

Para mim era óbvio que ela sabia que meu pai era preso político, mas daí, com a voz agitada, disse, "Ah, você é judia", como se acabasse de descobrir algo incrível, talvez uma moeda romana presa na pata de um gatinho, ou uma libélula escondida num pão de forma. Depois piscou os cílios castanhos e disse, "Já chega das suas bobagens".

O comentário não foi feito do nada. Não mesmo. Aconteceu que, algumas semanas antes, ela tinha escrito alguns comentários irritados no meu caderno de exercícios.

SEMPRE ESCREVA NA PRIMEIRA LINHA. COMECE AQUI.

Eu tinha ignorado a correção feita com esferográfica vermelha porque escrever na primeira linha era impossível. Eu não sabia por que, mas sempre começava na terceira linha, de modo que ficava um espaço entre o topo da página e a primeira linha onde eu começava. Ela disse que eu estava desperdiçando papel, então preencheu, com a própria letra, o espaço vazio entre a primeira e terceira linhas de todas as páginas.

COMECE AQUI.

COMECE AQUI.

COMECE AQUI.

Quando ela sacudiu o dedo na minha cara, ele veio direto no meu olho, como se um fantasma atravessasse um muro de tijolos.

"Leia em voz alta o que eu escrevi no seu caderno."

"Comece aqui."

"Não estou ouvindo!"

"COMECE AQUI."

"Isso. Por que você seria a única criança da sala a achar que pode começar onde bem entender? Pegue seu caderno e vá para a sala do diretor. Ele está te esperando." Aquilo veio do nada. O que eu menos queria era o sr. Sinclair me esperando.

Enquanto carregava o ofensivo caderno de exercícios embaixo do braço, espiei pela janela da outra sala. Na turma 1J havia um menino chamado Piet que tinha uma marca roxa na testa parecida com um buraco de bala. Todas as crianças sabiam que a professora tinha lhe raspado a cabeça e lhe passado iodo na testa com um chumaço de algodão por causa dos palavrões que ele falou. Agora ele estava com a testa manchada de roxo para que todos vissem que ele tinha feito alguma coisa errada. Será que a marca não ia sumir nunca? Quando ouvi a história de Jesus Cristo e de como suas pobres mãos de carpinteiro foram pregadas, pensei em Piet. Será que ele teria um buraco na cabeça para o resto da vida, assim como Jesus, que voltara à vida com buracos nas mãos? Consegui ver Piet pela janela, com uma marca roxa na testa branca como leite, enquanto os dedos traçavam palavras no papel. Será que a mancha saía com Lux ou já estava profunda demais?

Piet era africâner, e eu sabia que os homens que levaram meu pai depois de falarem ANDA ANDA ANDA também eram africâneres. Tive a vaga sensação de que eu tinha que achar que os africâneres eram maus, mas senti uma pena enorme de Piet. Então me lembrei de que eu também tinha feito uma coisa errada e precisava atravessar a ponte de concreto até a sala do diretor.

A ponte cruzava o pátio. Todas as crianças brancas estavam nas salas de aula, mas três crianças negras, dois meninos e uma menina, tinham pulado o portão e estavam revirando as latas de lixo. As crianças africanas estavam descalças, e a menina usava um vestido amarelo com uma manga só. Seu cabelo tinha o corte rente à cabeça como o cabelo de Thandiwe. Às vezes, eu e Thandiwe lavávamos o cabelo uma da outra no banho com o sabonete Lux. Uma vez, quando entrou sabonete no nosso olho, a gente jogou água no rosto e tentou encontrar uma toalha com os olhos fechados. Esbarramos uma na outra porque o sabonete ardeu nos olhos e ficamos cegas, mas não tão cegas quanto fingimos. A gente gostava de esbarrar uma na outra. Da ponte, vi que a menina tinha encontrado um pouco de pão, enquanto um dos meninos tinha achado uma meia verde. Ele a guardou no bolso. Depois olhou para cima e viu que eu estava observando. Eu me escondi, mas em seguida estiquei as pernas e olhei de novo por cima da ponte. As crianças tinham saído correndo, e o sr. Sinclair estava me esperando.

"Me mostra o caderno."

O diretor estava sentado atrás da mesa e tomava uma xícara de café.

Minhas mãos empurraram o caderno de exercícios na direção dele, deslizando-o pela mesa lustrada. Ele abriu o caderno e ficou olhando a primeira página. Depois virou a página, depois virou mais outra, franzindo a testa. Ele apontou com o dedo para a primeira linha. Quando ele bateu o dedo na página toda escrita com COMECE AQUI, vi um tufo de pelos pretos brotar-lhe da falange.

"Aqui. Por que você não começa aqui? Aqui. Aqui. Aqui. Comece aqui. Entendeu?"

Quando concordei com a cabeça, minhas duas marias-chiquinhas louras balançaram de um lado para o outro.

Ele se levantou e começou a arregaçar as mangas da camisa. Havia sobre a mesa uma foto de duas crianças. Um menino e uma menina. O cabelo do menino tinha sido raspado como o de Piet, e ele usava um uniforme de escoteiro. A menina estava com um vestido azul xadrez, que combinava com a faixa azul que usava no lindo cabelo ruivo. De repente, senti a mão do sr. Sinclair nas minhas pernas. Dei um pulo de susto. Atrás de mim, o diretor me dava tapas nas pernas.

Aos sete anos de idade, comecei a entender uma coisa. Tinha a ver com a sensação de insegurança mesmo na companhia de quem eu deveria me sentir segura. A prova disso era que, embora o sr. Sinclair fosse branco, adulto e tivesse o nome escrito em letras douradas na porta do gabinete, eu me sentia menos segura com ele do que com as crianças negras que fiquei espiando no pátio. A segunda prova era que as crianças brancas tinham um medo secreto das crianças negras, e tinham medo porque jogavam pedra nas crianças negras e lhes faziam outras maldades. Os brancos tinham medo dos negros porque lhes faziam maldades. Se você faz uma maldade com alguém, é porque não se sente seguro. E se não se sente seguro, não se sente normal. Os brancos não eram normais na África do Sul. Eu tinha ouvido a história toda do Massacre de Sharpeville, que aconteceu um ano depois que eu nasci, de como a polícia branca matou crianças, mulheres e homens negros a tiros, de como choveu depois disso e de como a chuva lavou o sangue. Quando o sr. Sinclair disse, "Volte para sua sala", ele estava suado e ofegante, e percebi que não se sentia normal.

Agarrada ao caderno que tinha me causado tanto problema, decidi não voltar para a sala. Passei direto pelo portão da escola e caminhei até o parque onde eu me balançava num pneu preso com corda numa árvore. Havia uma placa presa na grade com um aviso escrito em esmalte vermelho: "Apenas para crianças europeias. Por ordem da câmara municipal". O sol queimava minhas pernas expostas, então segui até a gangorra que ficava na sombra e lá permaneci por duas horas.

Quando cheguei em casa, peguei uma laranja do saco na despensa e a rolei sob a sola do pé descalço até ficar mais macia. Depois a furei com o dedo e chupei o caldo. Como ainda estava com sede, bebi água da mangueira no pátio. Era o momento mais quente do dia, e nosso gato estava desfalecido embaixo do pessegueiro que uma vez, por milagre, ficara coberto de neve. Às seis horas minha mãe chegou do trabalho e disse que precisava falar comigo. Era óbvio que a escola tinha telefonado para lhe contar que não apareci na aula durante a tarde, pois ela me disse que eu passaria alguns meses com minha madrinha que morava em Durban. Depois de ela me abraçar por um tempão, voltei para o jardim para contar a Maria.

Maria sempre se sentava nos degraus do alpendre durante a noite e tomava leite condensado de uma latinha que tinha furado com o abridor de latas. Ela disse que estava procurando gafanhotos. Eu e Sam tínhamos plantado dez sementes de melancia no jardim, mas Maria nos disse que os gafanhotos talvez comessem os frutos verdes antes de nós. Ela também falou que os gafanhotos eram na verdade os grilos-rei que atacavam os pêssegos podres caídos da nossa árvore. Se a gente encostasse num grilo desses, ele pularia na nossa cara e esguicharia um líquido preto no nosso olho. Quando me sentei ao lado de Maria na escada, ela passou um pouco de Vasenol nos meus lábios e perguntou se estava tudo bem na escola. Sacudi a cabeça e ela me pôs no colo, mas eu sabia que ela estava cansada e só queria ficar sozinha e tomar seu leite condensado. Ela disse que as estrelas estavam tão brilhantes que daria para ver se os gafanhotos chegassem voando e que se chegassem ela os espantaria. Então me deu um punhado de Pinkies que tirou do bolso e me pediu para lhe contar tudo sobre o novo periquito da Madrinha Dory quando eu voltasse para casa. Parecia que o periquito se chamava Billy Boy. Gostei do jeito de Maria dizer "Madrinha Dory". Era isso que a gente chamava de "locução"? Resolvi que quando chegasse a Durban não diria Dory, mas Madrinha Dory. Não soou muito bem quando repeti para mim mesma. Na verdade, cada vez que eu dizia Madrinha Dory em voz alta, as palavras combinadas me incomodavam – como se eu estivesse andando com três pedrinhas dentro do tênis. Por alguma razão, eu não queria tirar as pedras.

No final da semana, uma comissária de bordo elegante, com um vistoso diamante no dedo, subiu comigo a escada do avião e me disse para chupar o polegar assim que o avião decolasse para Durban.

"Os diamantes são o melhor amigo de uma garota", disse-me a comissária, piscando para mim. "Um dia, quando você se casar, seu noivo também vai lhe dar um desses." Quando ela piscava os olhos brilhantes, o diamante brilhava junto. "Se o avião cair, eu apito, ok?" Sentada sozinha chupando o dedo, esperei a comissária soprar o apito, mas ela estava ocupada demais andando de um lado para o outro no corredor enquanto mostrava o anel de noivado para os passageiros.

Mais tarde, ela disse, "Olha ali Maputaland, está vendo os lagos e pântanos? Aquela é a baía Rocktail, onde meu namorado me pediu em casamento. É um recife de corais. Praticamente em Durban. Você precisa pedir para o seu pai te levar na reserva para mostrar os leões e elefantes, está bem?".

Assenti com a cabeça.

"Ei, você não fala?"

Sacudi a cabeça.

"Deixou a língua em Joburgo?"

Assenti.

"Você ouviu o piloto me chamar? Ele me chamou, não é? Espero que a asa não tenha caído!"

Ela piscou e foi até a cabine, onde o piloto fumava um charuto. Era aniversário dele, e a tripulação estava cantando uma daquelas músicas de jogador de rúgbi:

Ela não tinha roupa nenhuma
nenhuma nenhuma nenhuma
ela não tinha roupa nenhuma

III

Madrinha Dory controlava a existência de Billy Boy como uma carcereira.

Ele não podia voltar para seu mundo de pássaro porque ficava trancado na gaiola. Quando se balançava brincando na escadinha, ele abria as asas e zunia no ar, mas não era a mesma coisa que voar.

"Feche a janela senão Billy Boy foge. Pode colocá-lo na mão. Você quer?"

Assenti.

"Ele faz mais barulho do que você."

Quando segurei Billy Boy com as mãos em concha e enfiei o nariz em suas penas macias, lembrei imediatamente da música de rúgbi que eles cantaram para o piloto.

Ele não tinha pena nenhuma
nenhuma nenhuma nenhuma
ele não tinha pena nenhuma

Pobre Billy Boy. Ele era tão triste debaixo daquelas penas. Os órgãos pequenos, os ossinhos. Madrinha Dory me disse para contar os dedos todo mês. Ao que parecia, se um periquito perdia um dos dedos era porque estava com ácaros. E eu também tinha que ouvir sua respiração. Se fizesse um "clique" quando ele respirasse, era porque tinha ácaro nos alvéolos. Madrinha Dory sabia tudo sobre periquitos. E me disse que era muito importante não ter pena dos periquitos doentes que eram vendidos nos pet shops.

"Sentir pena não vai fazer o periquitinho doente viver. Ele vai morrer de problemas respiratórios, não importa o que a gente faça."

Tentei abafar a pena que eu sentia de Billy Boy para garantir que ela não o matasse, mas o sentimento continuava voltando. Eu olhava para a serragem no fundo da gaiola e pensava que ele estava bem e feliz, mas eu mesma não acreditava em mim. Pelo que eu sabia, as plantações não cresceram durante a vida de Billy Boy, qualquer esperança que ele tivesse fora devorada por formigas, e seus pais tinham sido esmagados por um trem.

Eu tinha me esquecido de como minha madrinha era enorme. Quando ela me abraçava, eu desaparecia nas dobras de sua barriga. Tudo ficava escuro e abafado, e eu conseguia ouvir a água pingando dentro dela. Fazia um estrondo parecido com o barulho do mar, que ficava a oito quilômetros da casa. O oceano Índico. Um mar cheio de tubarões. Os salva-vidas da Golden Mile, que era o nome da praia, precisavam checar as redes contra tubarões todo dia de manhã e avisar pelo megafone quando não era seguro nadar. Eu já tive de sair correndo da água e esperar na areia até capturarem o tubarão. Enquanto eles pegavam o tubarão, eu lia as placas na praia:

CIDADE DE DURBAN
ÁREA DE BANHO RESERVADA PARA
USO EXCLUSIVO
DOS MEMBROS DA RAÇA BRANCA

As únicas pessoas negras permitidas na praia eram os vendedores de picolé, que andavam descalços na areia quente, tocando um sino e gritando, "Picolé de chocolate, picolé com casquinha de chocolate, picolé de chocolate". Às vezes acontecia de os meninos brancos surfarem muito lá no fundo e um tubarão lhes arrancar a perna; no dia seguinte, minha madrinha me mostrava a foto no jornal. Ela dizia que tinha mais medo de tênia do que de tubarão. Quando o gato amarelo vomitou no tapete, ela levantou os braços e gritou, dizendo que talvez tivesse uma tênia no vômito. A criada chamada Caroline limpava a sujeira enquanto Madame, de olhos fechados, grunhia com a mão branca e macia cobrindo a boca. Parecia então que uma tênia era capaz de engolir um tubarão: o tamanho do medo não tinha lógica e, mais que isso, o medo era *hermafrodita*. Minha madrinha me contou que o corpo comprido das tênias tem tanto um órgão masculino quanto um feminino: "Elas têm ovários e testículos, tudo misturado", elas são "hermafroditas", e como se já não bastasse o terror, "Todas as pessoas que gostam de comer carne crua deveriam saber que ali pode ter uma tênia que adoraria comê-las".

Do lado de fora da casa em Durban, havia uma grande placa presa com arame no portão:

RESPOSTA ARMADA

Quando perguntei o que significava, minha madrinha, que sabia tudo, ficou contente de explicar: "Se os negros entrarem aqui para nos roubar, meu marido, o venerável Edward Charles William, vai atirar neles, mas não conte para sua mãe. Enquanto você estiver com a gente, não precisa se preocupar com nada!". Até ali, eu já tinha sido apresentada a tubarões, tênias e armas. E hermafroditas. E orquídeas. "Venha ver as flores no jardim. Minhas orquídeas têm flores pequenas, mas cheiram mais do que as maiores."

Era no jardim da Madrinha Dory, na Durban subtropical, que um milagre me esperava, uma alucinação, uma miragem, uma espécie de desenho animado. Encostada na palmeira sob o céu azul da província de Natal, espantando as moscas de suas longas pernas bronzeadas, estava uma boneca Barbie de carne e osso. Alguma coisa cintilava ao sol. Era uma letra dourada em forma de M, e o M estava preso a uma corrente dourada que ela usava no pescoço. Fiquei deslumbrada. De algum modo, Madrinha Dory tinha conseguido produzir uma filha magra e loura que parecia de plástico.

"Oi, eu sou Melissa. Acabei de voltar de um curso de taquigrafia em Pretória. Você não vai me dizer oi? Você não está na igreja, pode falar alto."

A minúscula Barbie perdia o encanto e se tornava um mero brinquedo com cabelo de nylon à medida que uma Barbie de carne, osso e minissaia azul-clara surgia em cena.

"Venha cá, mocinha. Sente-se no meu quarto e converse comigo."

Melissa tinha dezessete anos, usava um penteado estilo colmeia e pintava os cílios com uma escovinha que mergulhava num tubo de rímel preto.

"Ei, você não fala? Aaaah. Não precisa. Mas escute, estou fazendo provas no curso de secretariado. Vai cair taquigrafia, então se você falar depressa eu posso treinar escrevendo o que você diz. É um código chamado Pitman." Melissa pegou uma caneta e fez uns rabiscos no dorso da minha mão. "Está escrito: 'Bem-vinda a Durbs, minha amiguinha'."

Era uma honra ter permissão para me sentar na cama de Melissa e observar seu jeito de pentear o cabelo com um pente de plástico até ficar todo para cima na cabeça. Embaixo da cama havia um cinzeiro de cristal. Dava para vê-lo direitinho atrás dos pompons brancos que balançavam na barra do edredom rosa de cetim. Melissa fumava escondido e guardava o cinzeiro embaixo da cama para esconder da mãe as guimbas. O melhor momento era quando eu lhe borrifava a lata estreita de laquê dourado por todo o cabelo enquanto ela espiava de olhos entreabertos, com os cílios endurecidos de rímel. O doce vapor químico do laquê era como um analgésico. Num silêncio humilde e respeitoso, eu observava Melissa se arrumar. A ideia de que as pessoas de plástico eram as mais interessantes tinha começado com os olhos azuis pintados da Barbie, depois com os olhos castanhos maquiados de Maria toda vez que eu lhe perguntava sobre Thandiwe e, por fim, no laboratório adolescente de Melissa. Melissa estava literalmente se pintando. O fato de batom, rímel e sombra também serem chamados de "pintura" me impressionava. Em todos os lugares do mundo havia pessoas "pintadas", e a maioria delas eram mulheres.

"Ei, mudinha, deixe-me arrumar seu cabelo. Sente-se no meu colo e vou fazer um penteado bacanérrimo."

Com a ajuda de Melissa, meu rabo de cavalo triste e comportado logo se transformou num exótico caracol de tranças douradas preso no alto da cabeça. Melissa disse que eu parecia uma estrela de cinema, e que só faltavam alguns rubis e diamantes para pendurar na orelha, enrolar no pescoço e envolver o pulso. As esmeraldas me cairiam melhor por causa dos meus olhos verdes. Quando eu tivesse filhas, eu lhes daria minhas esmeraldas porque elas já teriam "cumprido seu propósito". Que propósito seria esse?

Ela disse que eu era uma "beldade" e que um dia, se eu me lembrasse de escovar bem as unhas para mantê-las limpas, um homem arrojado seguraria minha mão e a beijaria por um longo tempo. Depois ele se ajoelharia aos meus pés enquanto eu observava seu cabelo repartido e me imploraria para ser sua esposa. Desejei ser como Melissa quando crescesse. Eu também fumaria cigarros, conseguiria fazer rabiscos no papel em taquigrafia Pitman e dirigiria descalça carros velozes, jogando o salto agulha no banco de trás para usar mais tarde.

"Nunca dirija de sapatos, minha amiguinha, é muito melhor."

Mas primeiro eu tinha que passar na ponta dos pés pelo seu pai caolho e me tornar invisível para ele. Edward Charles William tinha um olho de vidro e um de verdade. Melissa me contou que, quando pequeno, ele foi atingido no olho esquerdo durante um jogo de rúgbi, e agora seus olhos não combinavam. O olho de vidro tinha chamas vermelhas dentro. Era praticamente uma fogueira acesa dentro da órbita. Inventei uma regra: só olhar para seu olho de vidro, jamais encarar seu olho de verdade. Um olho de vidro era um olho que não via, e eu não queria que ele visse que eu tinha medo dele. Edward Charles William era como um rei. Quando se sentava à cabeceira da mesa com a esposa e a filha única, eu conseguia ver todas nós refletidas no olho de vidro, via até o cachorro cinzento chamado Rory arfando e sacudindo o rabo no olho de vidro de Edward Charles William.

"ROOOREEE! Sentado! Sentado!"

"Paaai. Ih, pai, você está assustando minha nova amiguinha! Não ligue para ele, mudinha, ele é inofensivo." Melissa apontou para o pai o dedo com a unha pintada de esmalte rosa e lhe deu uma piscadinha, enquanto lhe enchia o copo de uísque e me pedia para pegar gelo na cozinha.

Na cozinha, fiquei olhando pela janela e sentindo os cubos de gelo derreterem na minha mão. O gelo me lembrou que eu tinha feito um boneco de neve com meu pai. Daqui a pouco eu faria oito anos e ele ainda não tinha voltado para casa. Quando voltei para a mesa e Edward Charles William olhou furioso para os pequenos pedaços de gelo que pingavam da minha mão quente, Melissa me deu cobertura.

"Ah não, pai, por que é tão difícil encontrar um gelo que não derreta em três segundos? Qual é o segredo, pai?"

Se eu quisesse perguntar qualquer coisa para o meu pai, teria de ser mentalmente. Quando Melissa perguntou, "Você vai me levar para pescar?" e o pai dela respondeu, "Vou", eu perguntei ao meu pai se ele também me levaria para pescar. Sua resposta fantasmagórica era sempre, "Pescar é arriscado. O anzol pode ficar preso no seu dedo!". Ou eu diria, "Pai, hoje eu subi lá no alto da árvore", e ele diria, "Subir em árvores é arriscado, não vá até o alto. Suba só até a metade e nunca olhe para baixo!".

Eu achei que Edward Charles William não queria que eu morasse com eles em Durban, mas Madrinha Dory me disse que eu precisava de um "lar estável" e que isso era "o mínimo que ela podia fazer", porque ela e a "pobre coitada" da minha mãe tinham estudado juntas no internato e que se revezavam para vigiar quando liam livros à meia-noite com uma lanterna embaixo do lençol.

Comecei a prestar atenção em como Edward Charles William falava inglês, que era a língua que todos falávamos. Quando ele queria as meias, ele gritava com a criada para que as levasse para ele. Quando queria toalha para tomar banho à noite, ele gritava de novo. Ele não dizia as palavras "meias" ou "toalha", só gritava o nome da criada. O nome dela queria dizer "traga minhas meias, traga minha toalha".

Quando os sapatos precisavam ser engraxados, o jardineiro os engraxava. Edward Charles William chamava o jardineiro de "garoto", mesmo que ele tivesse quatro filhos, nove netos e cabelo grisalho. O nome dele era Joseph, e ele chamava Edward Charles William de "Patrão". A língua em que Edward Charles William falava com Joseph era inglês, mas o tom parecia de uma língua completamente diferente. Para começar (e eu nunca soube onde começar), eu conseguia sentir pelo tom de voz se Edward Charles William estava gostando muito ou pouco de alguma coisa. Eu conseguia sentir que Edward Charles Williams precisava ser menos feliz. Essa ideia me fazia rir, e toda vez que ria eu me sentia um pouco mais feliz, o que confundia minha nova ideia de que a felicidade nem sempre era uma coisa boa, mas não tinha nada que eu pudesse fazer a respeito.

Um domingo, Joseph me deu metade de sua torta recheada e nos sentamos numa sombra no gramado porque "a Madame e o Patrão" sempre saíam para passear de carro aos domingos. Nesse dia notei que lhe faltavam dois dedos na mão esquerda. Quando perguntei o que tinha acontecido com os dedos, ele disse que os prendeu numa porta. Ele me ensinou a contar até dois em zulu. Um era *ukunye*, dois era *isibili*. Ou alguma coisa com essa sonoridade. A ideia de que em algum lugar da África do Sul havia uma porta com os dois dedos presos de Joseph começou a me atormentar. Depois, quando contei a ele que meu pai era prisioneiro político, ele me disse que um pastor-alemão tinha lhe arrancado os dedos quando a polícia invadiu a casa de seu irmão em Joburgo. Eles estavam procurando Nelson Mandela. Quando contei que minha mãe e meu pai conheciam Winnie e Nelson Mandela (que cumpria prisão PERPÉTUA na ilha Robben), ele me pediu que nunca contasse isso para a Madame e o Patrão, nem mesmo para Billy Boy. Aliás, disse ele, segurando com o polegar e os dois dedos restantes o último pedaço da torta recheada, de que adiantava ter um passarinho se ele não botava ovos? *Amaqanda*. Era ovo em zulu. Se o passarinho azul de Madame pusesse um ovo azul, seria uma refeição bem pequena.

Toda noite a gaiola de Billy Boy era coberta com um cobertor cinza. Eu sabia que meu pai também usava um cobertor cinza para dormir porque ele contou para minha mãe numa carta.

"Venha cá, amiguinha, você me deixa nervosa com esse jeito de ficar encarando o periquito de mamãe." Melissa me segurou pela cintura e me levantou do tapete.

"Agora repita comigo, EU SEI FALAR ALTO."

"Eu sei falar alto."

"DIGA ISSO MAIS ALTO."

"Eu sei falar alto."

"ISSO NÃO É ALTO. Só vou te colocar no chão quando você gritar."

Tentei dar um gritinho. Pareceu bem verdadeiro e ela me pôs no chão.

"Presta atenção, quando você sorri eu não sei se é pra valer. Sorria para mim com todos os dentes. Isso aí, bacanérrimo. Vamos pegar a espaçonave para a cidade."

A espaçonave era o carro zerinho da Madrinha Dory. Ela tinha engordado tanto que não cabia mais no antigo. Às vezes eu a via na cozinha durante a noite enfiando na boca bem delineada punhados de carne moída com batatas. A espaçonave era prateada e brilhante e tinha bancos impecáveis em couro creme. E se os pneus do carro novo estourassem, Madrinha Dory batesse o carro e ninguém conseguisse levantá-la para levá-la até o hospital?

"Por que sua mãe é tão gorda?"

Melissa veio voando para cima de mim e pisou com força no meu dedão. Depois deu um soco no meu ombro.

"Não seja tão rude, mudinha. Mamãe é prisioneira de sua própria carne. Ela não consegue sair de dentro dela."

"Por que não?"

"Ela morreu, mas voltou como zumbi."

"Mentira!"

"Você sabia que Jesus também é zumbi? Ele morreu e voltou à vida."

Melissa balançou as chaves do carro na minha cara.

"Pede desculpas e eu compro um *bunny* para você."

"O que é *bunny*, um coelhinho?"

"*Bunny chow*, uma comida maaaaravilhosa. Mas não conte para ninguém aonde estamos indo. Principalmente para o papai. Okay?"

"Okay."

"Você acabou de falar em alto e bom som. As mulheres precisam projetar a voz, já que ninguém as escuta mesmo."

Melissa tinha uma vida secreta? Eu não esperaria nada menos de uma pessoa de plástico. Pessoas de plástico tinham coisas a esconder, e Melissa escondia o fato de conhecer lugares para comer no centro da cidade, onde morava seu namorado indiano. O tal lugar era uma cafeteria numa travessa cheia de lixo e moscas. Restos de ossos se amontoavam na sarjeta embaixo de uma pilha de cascas de batata e cenouras podres. Quando entramos na cafeteria, um indiano atrás do caixa tirou os olhos do jornal que estava lendo e gritou, "Ei, Lissa! Vai querer *bunny*?".

Ele estava mascando alguma coisa que deixava seus dentes amarelados. Quando o homem gritou "Ei, Lissa", todas as famílias indianas que comiam curry com a mão levantaram a cabeça para ver o que era e baixaram em seguida. Acho que baixaram a cabeça porque éramos brancas e supostamente não deveríamos estar ali.

"Obrigada, Victor. E um *bunny* para minha amiguinha também. Ela é de Joburgo."

Melissa me levou até uma mesa e disse, "Senta". Tive ódio quando ela me mandou sentar, como se eu fosse um cachorro desobediente. Ela tinha um pouco do tom do pai dentro de si, com certeza. Melissa tinha pegado o tom do "Patrão" e precisava tomar uma aspirina para se livrar daquilo. Comecei a espirrar. Victor levou uma lata de Fanta e a abriu para mim enquanto eu ainda espirrava.

"Então você é de Joburgo?"

"Sou."

"Ajay veio trabalhar hoje?", interrompeu Melissa, em seu novo tom.

Com o dedo que também estava amarelado, Victor apontou para alguém. Um rapaz indiano acabava de entrar no café. Usava um terno cinza brilhoso e sapatos de couro de cobra e sorriu quando viu Melissa.

"Vou buscar seus *bunnies*." Victor saiu pisando na serragem que cobria o chão e chutou um maço de cigarros vazio para baixo de uma mesa.

Bunny chow, no fim das contas, era meio pão branco sem o miolo recheado com carne ao molho curry. Comi com uma colher de sopa e observei Melissa flertar com o filho de Victor. Ajay dava de ombros, dizendo alguma coisa sobre "terça-feira que vem", enquanto Melissa rolava para cima os olhos pintados. Ajay acendeu o cigarro dela, depois o dele, e os dois fizeram anéis de fumaça no ar. Aqueles anéis eram a coisa mais bonita do mundo. De vez em quando eles flutuavam na direção um do outro, e quando estavam prestes a se tocar, se desfaziam no ar. O ar cheirava a arroz. E especiarias. Os anéis, as especiarias e o espaço entre Ajay, cujos sapatos eram feitos de cobra, e Melissa, cujos cílios estavam cheios de rímel, e o jeito como o dedinho dela tocava o punho da camisa de Ajay me deram a impressão de ser como a vida deve ser quando tudo está indo bem.

Victor estragou o momento quando voltou para a mesa e se sentou, pois começou a falar de política. Melissa disse a ele que meu pai estava preso por causa do apartheid. Victor me disse que seu avô tinha vindo da Índia para trabalhar nos canaviais da província de Natal. Com o sotaque indiano, ele me disse que toda vez que eu despejasse uma colher de açúcar na toranja e fizesse meus dentes apodrecerem por causa disso, era para me lembrar que o avô dele é que tinha plantado o "ouro branco" da África do Sul – e eu devia dizer ao meu pai que tinha um *bunny chow* à espera dele naquele "estabelecimento". Concordei com a cabeça e fingi estar interessada, mas na verdade eu estava olhando para Melissa, que segurava a mão de Ajay embaixo da mesa. Se aquilo era amor, era amor proibido. Até eu sabia disso. Todo mundo na cafeteria sabia disso. A política tinha encontrado um jeito de se enfiar nas toranjas e nas mãos dadas. Eu estava cansada de política e mal podia esperar o dia em que eu poderia fumar, fazer anéis no ar com cheiro de arroz e deslizar o dedo embaixo do punho da camisa de um homem bonito.

Quando chegamos ao estacionamento, Melissa tirou as sandálias e me pediu para segurá-las enquanto procurava a chave do carro. Ela nunca dirigia de sapatos, era sua "peculiaridade"; os namorados dela sempre carregavam seus sapatos junto ao peito enquanto ela pisava fundo com os pés descalços e cantava "grandes sucessos" das Shangri-Las.

"Ah, náááo – acho que deixei a chave no café!" Enquanto ela mexia freneticamente na bolsa, olhei para o carro estacionado ao lado da espaçonave. Uma menina da minha idade estava sentada no banco de trás segurando alguma coisa no colo. Ela mexia os lábios como se falasse com alguém, mas não havia mais ninguém no carro.

"Olha, ela está falando sozinha."

Melissa saiu andando descalça pelo concreto oleoso e espiou dentro do Bentley.

"Adivinha só."

"O quê?"

"Ela está falando com um coelhinho!"

"Como assim, um *bunny chow*?"

"Não. Um coelho MESMO."

Era verdade. A menina estava com um coelho branco no colo. Eu só conseguia ver as orelhas esticadas, fazendo cócegas no queixo da menina. Nesse momento, um homem e uma mulher vieram andando em direção ao carro, e o homem batia de leve as chaves no quadril. Assim que ele abriu a porta, os lábios da menina pararam de se mexer. A mulher nos viu e deu uma risada, mas foi sem querer.

"Acabamos de levar o coelho no veterinário. Ele está com secreção no olho."

O marido fez uma voz estridente, como a da esposa, e repetiu o que ela tinha acabado de dizer.

"ELE ESTÁ COM SECREÇÃO NO OLHO! ELE ESTÁ COM SECREÇÃO NO OLHO."

Quando as bochechas da esposa ficaram vermelhas, ele repetiu tudo de novo.

A voz dele não tinha nada a ver com a dela. Quem ele achou que estava imitando? A voz aguda dentro dele não soava como a da minha mãe, a de Maria, a minha, a de Melissa, nem como a da mulher que pretendia ser. Ali estava a prova. A voz dele soava como ele mesmo.

"ACHEI!" A chave do carro de Melissa tinha de algum modo ido parar dentro do livro de taquigrafia Pitman que ela sempre carregava.

"ESPERO QUE SEU COELHINHO ESTEJA MELHOR", ela gritou para a menina. Depois pisou descalça no acelerador e saiu com a espaçonave do estacionamento.

"O que você acha que ela estava falando para o coelho?"

"Ah. Bem, é um segredo dela."

"Por que é segredo?"

Melissa deu de ombros e manteve os olhos pintados fixos na rua enquanto virava à direita num viaduto. Começou a trovejar.

Crianças africanas nuas pediam esmola no sinal, mãos estendidas, palmas para cima.

"Qual segredo ela estava contando para o coelho?"

Uma chuva quente começou a bater nos vidros do carro.

"Ela perguntou: 'Por que mamãe e papai não se amam?'."

IV

Eu sabia que sorrir era como os amuletos que algumas garotas penduravam nos braceletes. Fadinhas e coraçõezinhos de prata que sacudiam no pulso bronzeado para dar sorte e afastar o mau olhado. Sorrir era um jeito de manter as pessoas fora da cabeça da gente, mesmo que a cabeça se abrisse um pouco quando a gente separava os lábios para sorrir. Foi assim que sorri quando Madrinha Dory disse que ia me mandar para o colégio de freiras. Enquanto dizia isso, segurava uma tesourinha para aparar as asas de Billy Boy.

"As penas devem ser brilhantes e encorpadas." Ela apertou o peito de Billy Boy com o dedo gorducho. "Esse osso é a quilha do esterno. Está um pouco mais saliente do que deveria. Acho que Billy Boy está magro demais. Hoje à noite vou dar mais comida do que costumo dar."

"O que é um colégio de freiras?"

"É um colégio em que as professoras são freiras."

"O que é uma freira?"

"Uma freira é uma mulher que se casou com Jesus Cristo."

"Ah. A comissária do avião para Durbs ia se casar. Ela me mostrou o anel."

"Mas ela não se casou com Jesus Cristo. Provavelmente se casou com algum homem chamado Henk van de Plais ou coisa parecida. É muito, muito diferente."

O rosto dela estava pálido como o de um zumbi.

"Um periquito alerta e brincalhão é sinal de um periquito saudável. Billy Boy não está contente como de costume."

Quando terminou de arrumar as penas de Billy Boy, ela o trancou de novo na gaiola. Observei como ela sacudia o pequeno trinco para trancá-lo, assim eu poderia repetir o movimento para soltá-lo.

"O colégio se chama Saint Anne e as freiras são professoras muito boas. Por favor, mantenha o gato com tênia longe da gaiola de Billy Boy."

Peguei o gato e aqueci minhas mãos em seu pelo amarelinho como gengibre. Eu sabia que ele não tinha tênia. Talvez Madrinha Dory é que tivesse uma dentro dela. Prova disso era que ela sentia fome o tempo todo, então alguma coisa devia devorá-la por dentro. O gato tinha escolhido dormir no meu quarto. Melissa ameaçou cortar a orelha de Gengibre se ele não voltasse para o quarto dela para dormir no edredom de seda cor-de-rosa, mas obviamente ele preferiu arriscar. Gengibre Era Meu. Quando Melissa era uma estudante no colégio de freiras, ela o odiava. Agora que fazia curso de secretariado, tomava Rock Shandy e se encontrava com a amiga de Pietermaritzburgo no Three Monkeys, ou no bar Wimpy Burger, tinha parado de rezar.

"Você não quer que as garotas do colégio te achem esquisita, não é?"

"Não."

"Então você tem que falar alto. Olha só, você vai ser a única garota com sobrenome judeu na chamada. Se você se perder nos claustros, é só seguir seu nariz." Melissa riu até a pintura dos olhos lhe escorrer pelo rosto, e eu a acompanhei porque era sua amiguinha.

Saint Anne era uma escola local para meninas católicas brancas e ricas. Entre os claustros havia uma pequena estátua arqueada da Virgem com o menino, a mãe tristonha com o bebê nos braços. Nas ruas de Durban, a maioria das mães africanas carregava os bebês amarrados às costas, mas se estivessem cuidando de bebês brancos elas os empurravam em carrinhos. Será que a Virgem tinha uma criada para carregar seu bebê? Será que minha mãe sentia minha falta? Desejei que sim. Será que eu era uma órfã santa enviada por Deus para ser cuidada pelas freiras? Encostei-me num pilar de pedra e fiquei olhando uma estátua de gesso de Jesus Cristo com as mãos feridas. Aquilo me fez pensar de novo na história inteira de Piet na escola de Joanesburgo. Será que o estigma de iodo já tinha desaparecido?

As freiras pareciam dedicar a vida a me ensinar a ler e escrever. Todos os dias elas se ajoelhavam ao meu lado na sala de aula, e usavam massinha para modelar, com toda delicadeza, as letras A, B, C... nas mãos brancas e macias. Quando me pediam para dizer o nome das letras, eu abaixava a cabeça como faria uma órfã santa e sussurrava "Áa, bê, cê", enquanto elas concordavam com a cabeça, me encorajando. Achei que seria rude dizer a elas que eu já tinha aprendido a ler e escrever dois anos antes. Na verdade, eu entendia todas as placas da Golden Mile sem a ajuda da massinha.

ÁREA DE BANHO RESERVADA PARA
USO EXCLUSIVO
DOS MEMBROS DA RAÇA BRANCA

Irmã Joan me disse que o terço era dividido em seções de dez contas, e as dez contas se chamavam décadas. Uma década também eram dez anos. E se meu pai ficasse longe por uma década? E se eu ficasse nadando na área da praia reservada para os brancos durante décadas e nunca mais visse meu pai? Eu ficaria sozinha com os brancos que não eram normais. Ficaria totalmente sozinha com eles e à mercê deles, como os surfistas à mercê dos Grandes Tubarões Brancos que conseguiam atravessar as redes de emalhar no mar subtropical.

A freira mais velha me passou um M.

"M de Melissa", sussurrei como se não tivesse certeza.

"Sim. Como vai Melissa?" Irmã Joan estava agora moldando um N que eu sabia vir depois do M. Eu sabia disso desde os meus quatro anos de idade.

"Ela está numa escola de secretariado."

"E está se saindo bem no curso técnico?"

"Ela está aprendendo taquigrafia Pitman."

Eu não disse à Irmã Joan que Melissa (dois esses em Melissa, mas ainda estávamos no N) ia ficar um mês sem poder dirigir. Ela pegou escondido a aeronave e levou Ajay para visitar o tio dele. Durante a noite, quando Edward Charles William deu falta do carro à uma e quinze da manhã, ele fez Madrinha Dory me acordar. Ela me arrastou até a sala e Edward Charles William chegou o rosto tão perto do meu que esmagou meu nariz.

"Você sabe onde aquela desmiolada se meteu?"

Sacudi a cabeça e encarei seu olho de vidro.

"Ela está saindo com algum garoto?"

"Não."

"Um indiano?"

"Não."

"NO LUGAR DE UMA FILHA EU TENHO A MERDA DE UMA AMANTE DE PRETO? VOCÊ VEIO PARA A CASA CERTA, NÃO É?"

"Saia de perto dela", gritou Madrinha Dory como se suplicasse. "Deixe a menina em paz. O que vou dizer para a coitada da mãe dela?" Enquanto isso, Gengibre dormia no sofá com as patas da frente cruzadas.

Quando Edward Charles William cobriu com a mão o olho de vidro, morri de medo que o olho lhe saltasse do rosto. Uma frase se formou na minha cabeça. Parecia a placa na praia.

OLHO DE VIDRO RESERVADO PARA USO EXCLUSIVO DOS MEMBROS DA RAÇA BRANCA

Edward Charles William me disse que ia chamar a polícia para encontrar Melissa. A polícia? Os mesmos homens que tinham levado meu pai embora? Quando a espaçonave virou na entrada da garagem, Melissa buzinou para a viatura que chegava junto com ela, abriu a janela e acenou como se estivesse voltando de férias.

"Ei, rapazes! Juro que não roubei a espaçonave da minha mãe. Eu fui abduzida." Os policiais riram, mas Melissa enlouqueceu depois que eles saíram. Ela chamou o pai de "nazista maldito" e me disse que agora que não podia dirigir ia ser difícil achar um lugar para se encontrar com Ajay. A África do Sul era uma merda, Gengibre era uma merda, Rory era uma merda e eu era uma idiota que não sabia falar.

"Você ainda quer ser uma boneca como sua barbiezinha horrorosa?"

"Quero."

"Como você pode ser boneca *e* santa? Você sabe que uma santa chamada Luzia arrancou os próprios olhos? Mas ela continuou vendo tudo, porque a gente só para de ver as coisas quando morre. Prefiro morrer se não puder ver Ajay."

Irmã Joan estava sorrindo para Irmã Elizabeth, que não percebeu porque estava ocupada modelando um O com a massinha. Fiz um gesto piedoso com a cabeça e imitei seu sorriso, que era um meio-sorriso, como se tivesse decidido que um sorriso inteiro era demais. Irmã Elizabeth me entregou o O, que me lembrou dos anéis de fumaça de amor de Melissa e Ajay, mas o que falei com a voz bem clara foi: "O de óculos. Há um O em anjo e dois em Joburgo".

"Isso. Muito bem. E você está feliz morando com sua madrinha?"

Feliz? Olhei para meus sapatos feios de uniforme. Feliz? Não havia P em feliz. Vi que Irmã Elizabeth já moldava um P com a massinha. Será que brincar de massinha deixava as freiras felizes? Será que elas podiam passar o dia todo mexendo com massinha enquanto eu lia um livro? Será que elas sabiam que na verdade eu lia livros, um monte de livros, do início ao fim? Será que, como Melissa, também me achavam uma idiota que não sabia falar? Eu estava feliz? Deveria estar feliz?

Depois de alguns instantes, Irmã Joan segurou minha mão em sua mão sagrada e perguntou se eu acreditava em Deus.

A imagem de Deus que eu tinha na cabeça estava ligada ao boneco de neve que eu tinha feito com meu pai. O boneco de neve era Deus. Ele era frio e estava morto, mas eu pensava nele o tempo todo. Em vez de responder, abri a mochila e mostrei a ela a carta que meu pai mandara para Durban. Ocorreu-me que eu deveria lê-la em voz alta, assim pararíamos de fazer letras de massinha.

> *Minha querida,*
> *Que bom que as freiras são tão gentis. Não deixe de expressar seus pensamentos em voz alta e não apenas na sua cabeça.*
> *Montanhas de beijos até o céu.*
> *Com todo amor do mundo,*
> *seu Papai.*

Irmã Joan apertou minha mão.

"Quando seu pai diz para você expressar os pensamentos em voz alta, ele quer dizer para você falar mais alto."

"Falar mais alto para Deus?"

Esperei que ela dissesse sim, mas ela ficou em silêncio. Foi quando entendi pela primeira vez a expressão "ler nas entrelinhas".

V

Disseram-me para expressar meus pensamentos em voz alta e não só na minha cabeça, mas resolvi escrevê-los. Eram cinco da manhã, e pude ouvir Rory latir para os sapos na lagoa. Encontrei uma esferográfica e tive o impulso de escrever meus pensamentos. O que saía da caneta para o papel era mais ou menos tudo o que eu não queria saber.

Papai desapareceu.
Thandiwe chorou no banho.
Piet tem um buraco na cabeça.
Os dedos de Joseph foram arrancados com uma mordida.
O sr. Sinclair bateu nas minhas pernas.
As melancias cresceram e eu não estava lá.
Maria e mamãe estão longe.
Talvez Irmã Joan não acredite em Deus.
Billy Boy numa gaiola.

Billy Boy era minha maior preocupação. Larguei a caneta e abri a porta do meu quarto. Se eu não fizesse silêncio, Edward Charles William poderia achar que eu era um ladrão e fazer o que estava escrito na placa do lado de fora da casa:

RESPOSTA ARMADA

Se eu ia fazer o que estava "nas entrelinhas" do que havia escrito, que era libertar Billy Boy, Edward Charles William também poderia fazer o que estava "nas entrelinhas" das palavras RESPOSTA ARMADA. As palavras eram só uma ameaça ou eram a sério? Era verdade que paus e pedras eram mais perigosos do que palavras? De que adiantava só escrever as coisas, afinal? De que adiantava escrever COMPRAR MAIS BALAS PINKIE, mas não comprar porque escrever as palavras tinha substituído o desejo de comprá-las de verdade?

Entrei na sala de jantar. Na mesa polida havia quatro tigelas, quatro colheres de prata, quatro copos, um porta-torradas vazio e quatro pratos de porcelana. Será que Cachinhos Dourados teria entrado na casa dos ursos se tivesse visto no portão uma placa com as palavras RESPOSTA ARMADA?

Passei correndo pela mesa e empurrei a porta que levava à sala onde Billy Boy vivia na gaiola. Primeiro abri a janela que dava para o jardim. Depois tirei o cobertor cinza que cobria a gaiola. Billy Boy abriu os olhinhos castanhos. Eram da mesma cor que os olhos do meu pai. Contei seus dedos. Sim, todos estavam lá, então não tinha ácaros. Depois escutei sua respiração para ter certeza de que não ouviria um clique. Por último, olhei seu bico, vendo se os buracos não estavam entupidos. Puxei o trinco e abri a porta da gaiola.

Billy Boy abriu as asas. E depois as fechou bem apertadas junto ao corpinho azul. Levantou um pé no ar, parou, e botou-o de volta no poleiro. Passarinhos cantavam por toda parte. Tive a impressão de que, por toda a província de Natal, pássaros gorjearam às primeiras luzes do dia, encorajando o periquito azul a se libertar e se juntar a eles.

Se eu tivesse despejado todas as minhas ansiedades de criança na minúscula carcaça de Billy Boy, ele teria um peso enorme para carregar. Estava muito pesado. Eu tinha lhe dado uma alma, mas ele não parecia se importar. Eu tinha imaginado todas as coisas para Billy Boy, soprado dentro dele todos os meus desejos secretos. Eu tinha lhe dado outra vida para viver, mas ele não queria ser livre. Sua natureza era ser pássaro, uma máquina voadora, mas ele parecia gostar mais da gaiola do que da liberdade. Tudo o que eu tinha imaginado para Billy Boy havia morrido. Eu não sabia o que fazer. Traída e desolada, comecei a me afastar do pássaro que queria passar o resto da vida atrás das grades.

Alguma coisa aconteceu. Um bater de asas. A taça de prata caindo do console da lareira. Um pontinho azul. Um círculo azul. O perfume da ervilha-de-cheiro vindo do jardim. Billy Boy saiu voando pela janela bem quando o gato amarelo entrou na sala, rabo esticado para cima.

Fingi que tudo estava normal no café da manhã quando me sentei à mesa com minha nova família. Eu já vinha fingindo havia alguns anos que tudo estava "normal", e me especializei nisso. Edward Charles William mordeu a torrada com geleia inglesa enquanto Madrinha Dory se servia do chá de um bule menor do que seus seios. Aquele era o dia de provas no curso de secretariado de Melissa, e ela armou o penteado sete centímetros mais alto do que de costume, para dar sorte. Ela lia o livro de taquigrafia enquanto tomava de canudinho um refrigerante de baunilha e caramelo, que, segundo ela, daria energia para a prova. Billy Boy talvez estivesse dormindo numa folha bem no alto de uma árvore, ao sol da manhã.

Ele estava livre. Billy Boy estava livre.

Foi só quando eu estava afivelando meu sapato que ouvi Madrinha Dory gritar. Levei mais tempo que o de costume no terceiro furo da fivela, testando-o algumas vezes antes de decidir que o segundo furo talvez fosse melhor e começando tudo de novo. Quando me aproximei de Madrinha Dory, suas mãozinhas se sacudiam no ar e ela chamava BILLY BOY sem parar. Havia coisas que ela queria saber. Como assim a porta da gaiola estava escancarada? Como um periquito seria capaz de abrir a própria gaiola? Melissa, que estava atrasada para a prova, correu para pegar os lenços de papel da mãe enquanto tentava vestir seu cardigã branco.

"Não grite com ela."

"Mas meu periquitinho não vai sobreviver. Já deve estar morto."

"Você tem que entender, mãe." Melissa estava procurando o bloco com todas as anotações de taquigrafia.

"O que eu tenho que entender?"

"Ela acha que o periquito é o pai dela."

"Como Billy Boy pode ser outra coisa que não um periquito?"

Se aquela pergunta era um problema que os seres humanos vinham enfrentando desde que começaram a pintar animais com pigmentos minerais na parede das cavernas, a mãe de Melissa ainda não havia compreendido. Quando me viu escutando a conversa atrás da porta da sala, Melissa agarrou a gravata do meu uniforme e me puxou até seu rosto pintado.

"PUTA MERDA! Por que você foi soltar o pássaro da mamãe?"

Ela saiu correndo antes que eu pudesse responder. Ouvi o motor da espaçonave roncando e os pneus cantando pela rua. Edward Charles William com certeza tinha deixado Melissa pilotar a espaçonave de novo por causa da prova. Depois de um instante, andei até o jardim. Joseph estava tossindo dentro do barracão. Ele tomava o café da manhã lá dentro todos os dias, um mingau grosso de farinha de milho que a criada chamada Caroline, que tinha outro nome, Nkosiphendule, preparava para ele numa tigela de lata. Eu ainda não tinha conseguido afivelar o sapato. Ele estava soltando, então me agachei para tentar de novo. Era muito difícil passar o ganchinho prateado pelo buraco. Depois de um instante, Joseph abriu a porta do barracão e me chamou para entrar. Eu ainda estava com metade do pé para fora do sapato, então fui puxando a perna em vez de andar. O barracão cheirava a mofo e parafina. Joseph dormia num colchão no chão. Havia dois cobertores verdes bem dobrados em cima de uma cadeira. O casaco de Joseph estava pendurado num gancho no canto da parede.

"Madame me disse que você perdeu o periquito dela."

Madame era Madrinha Dory. Patrão era Edward Charles William. Às vezes Joseph o chamava de Baas além de Patrão. Patrão, Baas e Madame eram da raça branca e comiam arenque e geleia no café da manhã, como o rei e a rainha da Inguilaterra.

"Veja." Joseph apontou para um caixote de madeira que tinha virado de cabeça para baixo a modo de mesa. Em cima do caixote, sua tigela de lata. Billy Boy saltitava na borda da tigela, bicando o mingau lá de dentro.

"Eu o encontrei no telhado e trouxe para cá." Joseph começou a rir. "Mas ele ainda não botou um ovo azul, então a gente não vai poder dividir uma refeiçãozinha. Vou tampar a tigela e você o leva de volta para a Madame."

Quando levei Billy Boy de volta para dentro de casa, Madame estava deitada no sofá lendo um livro chamado *Amor é uma palavra que se sussurra*. A criada que fingia ser Caroline para que Madame conseguisse dizer seu nome entrou carregando uma bandeja com um bule de chá e dois biscoitos recheados com geleia de morango arrumados num pires. Os dedos grossos de Madame se moveram pela bandeja e agarraram um dos biscoitos. Ouvi quando ela o mordeu e depois o mastigou com seus dentes de porcelana. Nesse momento, Billy Boy gorjeou. Madame se sentou e gemeu. Seus lábios pequenos estavam cobertos de geleia, e deu para ver sua língua cheia de farelos de biscoito. Depois de botar Billy Boy de volta na gaiola e fechar a porta batendo-a de uma vez, ela passou por mim em direção ao telefone, sem dizer uma palavra. Escutei-a pedir, com a voz alta e majestosa, que a transferissem para a South African Airlines.

Naquela tarde, sentada num banco sob o claustro observando as freiras baterem na mão das meninas para puni-las por diversos crimes, eu sabia que alguma coisa estava prestes a mudar na minha vida. Enquanto isso, assistia à coreografia de pecado e castigo que acontecia diante de mim, porque o que quer que acontecesse me levaria para outro lugar. A menina pecadora estava com a palma da mão virada para cima, para o céu. Então a freira pegou uma régua e bateu com força na mão da menina, dois golpes, não, três golpes. Irmã Joan purificava a mão de outra garota pecadora chamada Laverne quando vi Madrinha Dory bamboleando pelo claustro. Na véspera, Laverne tinha me mostrado uma mancha roxa no pescoço, uma mordida deixada pelo namorado. Sim, ele tinha mordido Laverne por amor. Irmã Joan começou a falar com minha madrinha e apontar para mim. Agora que ela sabia que eu tinha deixado Billy Boy fugir, ela ia bater na minha mão para purificá-la.

"Venha cá."

Para minha surpresa, em vez de me castigar, Irmã Joan se agachou e afivelou meu sapato. Ela começara a me ensinar francês, a coisa mais importante que tinha me acontecido até aquele momento. Tinha me falado das visões de Jeanne d'Arc e me ensinado a palavra para "sapato". Então me perguntou como se dizia "sapato" em francês. Quando eu disse "*une chaussure*", ela se levantou e encostou a mão límpida e suave na minha testa.

"Sua madrinha diz que você está com saudades de casa, por isso vai mandar você de volta para sua mãe. Hoje é o seu último dia na escola."

Enquanto minhas lágrimas escorriam sobre o santo véu da Irmã Joan, pensei em como ela tinha raspado o cabelo, que ela chamava de ervas daninhas da ignorância. Ela tinha me dito para expressar meus pensamentos em voz alta, mas, em vez disso, eu tentava escrevê-los. Às vezes eu lhe mostrava o que tinha escrito, e ela sempre arrumava tempo para ler tudo. Ela disse que eu deveria ter contado que sabia ler e escrever. Por que eu não dissera nada? Respondi que não sabia e ela disse que eu não deveria ter medo de uma coisa tão "transcendental" como ler e escrever. Ela sabia que uma parte de mim tinha medo do poder da escrita. Transcendental queria dizer "além", e se eu pudesse escrever "além", o que quer que isso significasse, eu poderia fugir para um lugar melhor do que o atual. Eu estava mordida de amor pela Irmã Joan. Ela havia me dito que a fé não era uma rocha. Um dia Deus estava lá, no outro tinha ido embora. Se isso fosse verdade, eu sentia muito por ela nos dias em que perdia Deus. Procurei as palavras francesas para me despedir, e quando finalmente disse "*Au revoir, Soeur Jeanne*", me dei conta de que o nome dela era igual ao de Joana d'Arc. Por algum motivo aquilo me fez chorar ainda mais. Minha madrinha, confusa e sem saber o que estava acontecendo, abriu a bolsa de uma vez só e pegou um pedaço de papel.

"Melissa pediu para eu te entregar isso aqui."

Era um bilhete taquigrafado.

"Adeus, minha amiguinha maluca."

VI

"Faltam dois dias! Papai está voltando para casa!"

Eu estava com nove anos e Sam com cinco. Sam tinha visto o papai pela última vez quando estava com um ano. No café da manhã, comemos torradas com canela e açúcar e ensaiamos em voz alta várias coisas que diríamos ao papai quando ele chegasse em casa.

"Oi. Você quer que eu lhe mostre onde fica o banheiro?"

"Oi! Eu desenhei um foguete para você."

"Oi! Agora eu calço 33."

Nesse meio-tempo, mamãe estava na rua comprando roupas para meu pai vestir quando chegasse. Senti um aperto no peito quando ela colocou com cuidado as roupas no chão e nos chamou para ver. Bem ali, em cima do tapete kilim, havia uma calça masculina, sapatos novos e bonitos, meias, duas camisas e três gravatas de cores vivas. Sam e eu passamos a mão nas camisas de algodão, apertamos a ponta dos sapatos de couro, ajeitamos a posição das meias. Sim, era o tipo de roupa que os pais usavam. Conversamos muito sobre que comida serviríamos ao papai em seu primeiro almoço, e mamãe disse para não ficarmos envergonhados e sermos nós mesmos. Concordamos com a cara séria e saímos para ensaiar como sermos nós mesmos.

Quando foi ao parque, Sam catou um punhado de guimbas de cigarro espalhadas pela grama. Guardou-as no bolso e, quando chegou em casa, colocou-as num pote de vidro. Sam estava convencido de que todos os pais gostavam de guimbas. Maria pôs seu melhor vestido, o mesmo que usou quando foi à sua casa, onde moravam seus verdadeiros filhos. Antes de calçar os sapatos, ela se sentou e me pediu para lhe passar Vasenol na pele seca dos calcanhares.

"Você sabe o que encontraram no lago Zoo?"

"O quê?"

"Uma cabeça humana. Passe um pouco de Vasenol nessa perna aqui também."

"Uma cabeça de criança?"

"Não. Uma cabeça de homem."

"É o papai?"

"Não. Seu pai está voltando para casa."

Eu sabia que papai chegaria com mamãe num carro vindo da Prisão Central de Pretória. Mas eu não sabia qual seria a aparência dele. Para ter certeza de que o reconheceria, pus no bolso uma fotografia em preto e branco que minha mãe tinha colocado perto do telefone no corredor escuro. A fotografia que por quase cinco anos representou o pai que me demonstrava seu amor em cartas e bilhetes. Beijos e abraços escritos a caneta no papel de carta da prisão. Eu e Sam subimos nos dois mourões do portão de casa, enquanto eu segurava a foto no colo, olhando-a de vez em quando só para garantir. Os mourões tinham quase dois metros de altura e davam direto para a estrada. Toda vez que um carro passava pela casa nós acenávamos. Tínhamos lavado bem as mãos esfregando uma barra novinha de sabonete Lux.

Por alguma razão, achei que meu pai voltaria para casa num carro branco. O mesmo carro que o havia levado. Então, cada carro branco que passava fazia meu coração pular embaixo das margaridas brancas costuradas no meu vestido. O pânico de que meu pai não voltasse tornava tudo muito vagaroso. As nuvens atravessavam o céu devagar. As pessoas andavam devagar pela calçada. Os cães latiam devagar.

Um carrinho vermelho dobrou à esquerda no campo de golfe e entrou na estrada. Enrijeci os dedos dentro do sapato de couro envernizado e esperei. A porta se abriu, um homem saltou para fora e correu na nossa direção. Ele nem esperou o carro parar. A gente sabia quem era e eu nem me preocupei em olhar a foto no meu colo. Demoramos um pouco para descer dos mourões altos. Papai nos esperava, mas não conseguíamos descer. Agora éramos só pernas e braços tentando escorregar, e o homem que era nosso pai agarrou nossas pernas e nos puxou para seus braços. Ele estava com a camisa de que gostamos quando mamãe nos mostrou as roupas na sala.

Papai nos abraçou e não soubemos o que dizer. Então ele nos abraçou de novo e nos colocou na calçada, onde o musgo crescia nas rachaduras. Atravessamos o portão e entramos na cozinha. Maria o abraçou quando o viu, e eu o ouvi dizer a palavra "Thandiwe". Mamãe serviu três taças de vinho, uma para papai, uma para Maria e uma para ela. Eles ergueram as taças, todos os olhos voltados para papai. Ele tomou um golinho, parou e repousou a taça na mesa.

"Eu não via uma taça havia cinco anos."

Meu pai estava magro e seu rosto estava pálido. Ele se sentou à mesa e tomou mais um gole do vinho. Depois pegou um prato e passou o dedo em cima dele. "Eu tinha me esquecido de como era a textura da porcelana. Vou precisar aprender de novo a segurar uma xícara e a usar um garfo."

Papai baixou o prato de porcelana branca que observara nos últimos cinco minutos e se levantou.

"Onde é o jardim?" Ele inclinou a cabeça para um lado e sorriu para mim. "Quero ver o boneco de neve."

Não havia boneco de neve no jardim. Sam enrolou o pulso na ponta da toalha branca de linho que cobria a mesa e olhou para o chão. Mamãe tentou espantar uma mosca da janela com as costas de um envelope.

"Leve seu pai até o jardim." Maria sacudiu as mãos para mim.

Meu pai está parado no jardim. Seu rosto está pálido e cinzento, como neve encardida. Só seus olhos se movem. Os braços pendem imóveis ao lado do corpo. Papai está de volta, tão quieto e silencioso, parado no jardim. Parece ter sido ferido de alguma maneira, bem lá no fundo.

"Papai, o gato morreu enquanto você não estava aqui."

Ele aperta minha mão com os dedos frios.

"É maravilhoso ser chamado de papai de novo."

Dois meses depois, deixamos a África do Sul e fomos para o Reino Unido. Quando o navio desatracou do cais no Porto Elizabeth, na província do Cabo Oriental, os passageiros receberam rolos de papel higiênico para soltar lá de cima do convés. Amigos e familiares em terra firme seguraram a outra ponta enquanto acenavam em despedida. Quando o navio começou a avançar no mar, Melissa, que tinha ido se despedir de mim, segurou a outra ponta do meu rolo de papel. O apito do navio soou para o céu azul. Eu a via gritar e pular, mas não conseguia ouvi-la. Suas palavras se embaralhavam ao vento, abafadas pelo rugido dos rebocadores à medida que empurravam o navio em direção à Inglaterra. Melissa foi a primeira pessoa na minha vida a me encorajar a projetar a voz. Com seus olhos azuis pintados e o cabelo louro penteado num coque colmeia quase tão alto quanto eu, ela era espirituosa, corajosa e aproveitava o máximo da vida. Eu não conseguia escutá-la, mas sabia que suas palavras me pediam para dizer as coisas em voz alta, confessar meus desejos e estar no mundo em vez de ser derrotada por ele.

Eu gostaria de me esquecer da imagem do guindaste no cais de Southampton suspendendo os três baús de madeira que continham todos os pertences da minha família. Só há uma lembrança que quero preservar. É Maria, que também é Zama, tomando leite condensado nos degraus do alpendre à noite. As noites africanas eram quentes. As estrelas brilhavam. Eu amava Maria, mas não tenho certeza de ter sido amada por ela. A política e a pobreza a separaram dos próprios filhos, e ela estava exausta de cuidar dos filhos dos brancos, exausta de cuidar de tudo e de todos. No fim do dia, longe das pessoas que lhe roubavam a energia de vida e a exauriam, Maria encontrava um canto onde podia descansar momentaneamente dos mitos sobre sua personalidade e seu objetivo de vida.

Não quero saber das minhas outras lembranças da África do Sul. Quando cheguei ao Reino Unido, o que eu queria eram novas lembranças.

3

Puro egoísmo

As lanchonetes greasy spoons, no Reino Unido, são também chamadas de "café de operário", ou, na região Sul, às vezes apenas "café". [...] São estabelecimentos que servem principalmente comida frita ou grelhada, como ovos fritos, bacon, purê de batata recheado, salsichas, cogumelos e batata frita. Tudo isso quase sempre acompanhado de feijão.

Wikipédia

Inglaterra, 1974

Quando eu tinha quinze anos, usava um chapéu preto de palha com furos quadrados na aba e escrevia nos guardanapos de papel da lanchonete do terminal de ônibus. Eu tinha uma vaga ideia de que o comportamento dos escritores deveria ser esse, porque tinha lido livros sobre poetas e filósofos que tomavam expresso nas cafeterias francesas enquanto escreviam sobre como eram infelizes. Naquela época não havia muitos cafés desse tipo no Reino Unido, e certamente não na West Finchley. Em 1974, os mineiros estavam em greve, o governo conservador reduzira a semana de trabalho de cinco para três dias para economizar eletricidade, a China dera dois pandas pretos e brancos (Ching-Ching e Chia-Chia) ao povo britânico, e eu planejava minha ida à lanchonete na manhã de sábado com tantos detalhes que parecia mais o assalto a um banco. Meus planos quase foram arruinados em grande estilo por um enxame de abelhas suicidas. Um pote de mel – sem tampa, é claro, nada tinha tampa na nossa casa – desafiou todas as leis da gravidade e caiu da prateleira para dentro da máquina de lavar roupas que ficava embaixo. Agora, o tambor de aço inoxidável não só pingava mel, como também estava abarrotado de abelhas delirantes e saciadas que tinham voado da colmeia do lado de fora da janela para dentro da máquina.

E agora eu tinha mais uma tarefa familiar (todos nós tínhamos tarefas para cumprir aos sábados): raspar com uma colher de chá as abelhas e o mel do tambor e me livrar dos cadáveres. Quando eu estava de quatro, com a cabeça dentro da lavadora, ocorreu-me que era assim que as poetas suicidas davam cabo à própria vida – a diferença é que enfiavam a cabeça num forno a gás. Havia algo de humilhante e religioso em ajoelhar para remover as abelhas, mas não consegui reunir forças para descobrir o que era, porque estava sentindo muita dor. Pelo menos cinco abelhas conseguiram picar minha mão antes de morrer, e ninguém foi exatamente solidário. Minha mãe disse, "É, abelhas picam", e me mandou colocar a mão na água fria. Pensou melhor e disse, "Na Rússia, eles esfregam veneno de abelha nas juntas para tratar artrite". Tentei subornar meu irmão Sam para terminar meu trabalho, mas ele estava ocupado demais secando o cabelo para moldar um topete estilo *teddy boy*. "As abelhas têm muitos olhos," gritou ele, superando o ruído do secador da minha mãe, "uns seis." A gente tinha visto um programa de televisão que mostrava uma abelha em *close* que aparentemente era uma "espécie-chave", porque polinizava frutos cheios de sementes em comunidades desérticas. O narrador disse que as abelhas produtoras de mel são os insetos mais refinados do planeta, e que a soma da distância percorrida pelo voo de uma colônia robusta equivale à distância entre a Terra e a Lua. Depois eles mostraram homens num campo usando fumaça para espantar as abelhas de uma colmeia. O que eu deveria fazer? Atear fogo na lavadora de roupas? Desesperada para sair daquela vida o mais rápido possível, tentei colocar quatro varetas de incenso de jasmim nos furos do tambor da máquina e acendê-las. Achei que a fumaça faria com que as abelhas saíssem sozinhas, sem que eu precisasse tirá-las com uma colher de chá. Mas eu sabia que elas eram os insetos mais refinados do planeta e não se dariam ao trabalho de se mexer. Tudo o que aconteceu foi que a cinza do incenso caiu sobre o mel e eu tive que limpar as varetas queimadas, as cinzas e as abelhas que, obviamente, achavam que aquilo era o paraíso. Não as culpei por não quererem sair dali, pois consegui entender que, do ponto de vista delas, uma máquina de lavar cheia de mel era muito mais atraente do que o bairro cinzento no qual eu desperdiçava minha vida – uma comunidade desértica sem o bônus da luz do sol ou dos frutos cheios de sementes.

Por volta das dez horas, quando embrulhei as últimas quatro abelhas gordas, bêbadas e hedonistas nas páginas esportivas do *Times* e as joguei no lixo, peguei meu chapéu preto de palha, dei tchau para minha mãe, acenando com a mão para que ela visse meus dedos inchados e sentisse um imenso remorso.

"Você precisa limpar o forno. É a sua segunda tarefa."

Tentei encará-la sem nenhuma expressão, mas meus olhos começaram a arder. Meu esforço para parecer tranquila e inabalável diante de tudo estava me exaurindo. Desci as escadas tropeçando na barra do meu jeans boca de sino, bati a porta da frente com minha dolorida mão direita, quente e vermelha por causa das picadas, e tentei correr com meu novo sapato plataforma verde-limão. Quando passei pelo restaurante chinês chamado HOLY e pela lavanderia chamada REUBANS, um aposentado que arrastava um carrinho de plástico bege ziguezagueando pela calçada disse para mim, "Gostei do chapéu engraçado".

Era da máxima urgência que eu saísse daquela vida.

Dentro da lanchonete, cercada de janelas embaçadas e envolta numa névoa de fumaça de cigarro, a sensação de urgência aumentou. Eu tinha tão pouco tempo. Para quê? Eu não sabia, mas estava convencida de que outra vida me esperava, e precisava descobrir qual era antes de limpar o forno. Apressada, pedi ovos, feijão, bacon e purê de batata recheado, mas ao perceber que não tinha dinheiro suficiente para o feijão e o purê recheado, resolvi cancelar o feijão. Segurando uma caneca de chá escaldante na mão que não tinha sido picada, abri caminho entre os pedreiros e motoristas de ônibus até uma mesa de fórmica para começar minha personificação da vida de escritora. Assim que me sentei, peguei os guardanapos brancos de papel num copo ao lado do sal, pimenta, ketchup e molho de carne e comecei a escrever com uma caneta azul que vazava. Eis a palavra que escrevi no guardanapo:

INGLATERRA

"Inglaterra" era uma palavra emocionante de escrever. Minha mãe disse que estávamos no exílio e que um dia voltaríamos ao país onde nasci. A ideia de que eu vivia no Exílio e não na Inglaterra me aterrorizava. Quando eu disse à minha nova amiga Judy (nascida em Lewisham) que eu não queria viver no Exílio, ela disse, "É, eu também estaria cagando de medo". Judy queria ser parecida com Liza Minnelli em *Cabaret*, e Liza era americana. O pai de Judy era estivador e era o mais típico dos ingleses. Tinha morrido de câncer por causa do amianto das cargas que desembarcava, mas Judy não sabia direito a história toda. Nos fins de semana, eu pintava suas unhas de verde cintilante para transformá-la em Liza, assim ela não precisaria ser sempre a Judy cujo pai morreu na Inglaterra quando ela tinha doze anos.

A Inglaterra tinha certas coisas que eu ainda não conseguia entender. Uma dessas coisas incompreensíveis acontecia ali mesmo na lanchonete. A cozinheira de nome Angie sempre me dava bacon que eu achava cru. Era como se ela apenas o aquecesse na chapa sem fritá-lo de verdade. Era muito chato, porque a fatia rosada no prato me lembrava do porco que tinha sido fatiado. Em algum lugar da Inglaterra havia um porco ainda vivo que corria de um lado para o outro com a marca de um naco que lhe tiraram do lombo. Eu não me sentia no direito de pedir a Angie para fritar mais o bacon porque eu não vivia na Inglaterra – eu vivia no Exílio – e imaginava que as coisas fossem feitas daquele jeito no país que era meu anfitrião.

"Não posso me desintegrar porque nunca me integrei."

Meu herói da adolescência tinha escrito isso, ou algo com esse mesmo sentido, o homem cujo olhar inexpressivo eu ensaiava na frente do espelho. Eu imaginava que sempre que Andy Warhol pintava uma lata de sopa americana era uma forma de fugir das áreas industriais abandonadas do Leste Europeu onde nasceram seus pais. Cada lata de sopa de mariscos o aproximava mais de Nova York e o distanciava mais da vida no Exílio, junto com sua mãe, em Pittsburgh. As palavras de Andy eram como uma oração que eu repetia toda noite antes de dormir, e elas giravam na minha cabeça naquele momento em que eu estava sentada na lanchonete empilhando guardanapos para escrever Inglaterra. Enquanto tomava minha caneca de chá e observava os ônibus vermelhos de Londres chegando e saindo do terminal, pensei na coleção de perucas de Andy. Aparentemente, ele as guardava em caixas na Factory, seu estúdio em Nova York, e as colava de verdade na cabeça. Eu me interessava por Andy porque talvez eu também estivesse um pouco disfarçada. Judy não estava exatamente disfarçada como Liza (ela usava shortinhos de veludo e meia arrastão para ir ao Wimpy). Todo mundo percebia qual era sua intenção porque todo mundo tinha visto *Cabaré*, mas eu não tinha certeza de qual era a minha intenção, ainda mais porque Andy era homem. Ela disse que eu deveria me concentrar em David Bowie, o astro que veio de Beckenham, que era pertinho de Lewisham, mas que agora vivia em exílio no planeta Marte.

Os ingleses eram gentis. Eles me chamavam de querida, de amor, e pediam desculpas quando eu esbarrava neles. Eu era desajeitada porque andava como sonâmbula pela Inglaterra, e os ingleses não se importavam porque também eram um sono ambulante pelas ruas da Inglaterra. Para mim, isso acontecia porque escurecia muito cedo no inverno. Era como se alguém tirasse a Inglaterra da tomada às quatro da tarde. O mais curioso era Joan, a vizinha do lado: quando ela amarrava sua cadela à barraquinha de sorvetes da Wall's que ficava na porta de um mercado na esquina, ela conversava com a cadela como se ela pudesse responder.

"Holly, diga olá para a moça."

Sempre havia um silêncio constrangedor depois que ela dizia isso. Mas Joan não se importava. Mesmo que sua cadela só coçasse a orelha ou olhasse fixamente para o chiclete colado na calçada, ela sempre tinha uma desculpa para o fato de Holly não falar. "Ah, acho que hoje ela não está muito bem humorada."

InglaTERRA

iNGLATERRA

INglaterra

Além de rabiscar Inglaterra, eu também escrevia frases apressadas nos guardanapos de papel. Essa ação (rabiscar) e também minha roupa (o chapéu preto de palha) eram como estar armada de um AK-47, o rifle que os jornais sempre mostram na mão das crianças do terceiro mundo, que deveriam estar segurando um sorvete com um biscoito de chocolate espetado no meio. Para os pedreiros sentados perto de mim, eu nem sequer estava ali. Eu havia me inserido numa outra posição, e eles não se sentiam à vontade para puxar conversa ou me pedir para passar o sal. Eu era a excluída.

Escrever me fazia sentir mais sábia do que realmente era. Sábia e triste. Eu achava que escritores deveriam ser assim. Eu era triste, em todo caso, muito mais triste do que as frases que escrevia. Era uma garota triste representando o papel de uma garota triste. Meus pais tinham acabado de se separar. Algumas roupas do meu pai ainda estavam no guarda-roupa (paletó, sapatos, um cabide cheio de gravatas), mas os livros haviam desaparecido das prateleiras. Pior que isso, ele tinha deixado o desamparado pincel de barbear e a caixa de analgésicos no armário do banheiro. O amor entre papai e mamãe tinha dado errado na Inglaterra. Sam sabia e eu sabia, mas não havia o que pudéssemos fazer. Quando o amor dá errado, em vez de ver as coisas de frente, nós as vemos pelas costas. Nossos pais sempre se afastando um do outro. Criando um espaço isolado e solitário mesmo quando se sentavam em família. Os dois olhando para o vazio. Quando o amor dá errado, tudo dá errado. Errado o suficiente para meu pai bater na porta do meu quarto e dizer que ia morar em outro lugar. Ele estava usando seu terno inglês e parecia um devastado, como a estrada lá fora.

Quando me serviu o café da manhã tipicamente britânico, Angie parou muito perto de mim e durante muito tempo, fingindo arrumar o vidro de molho para carne. Eu sabia que ela queria me perguntar de onde eu era, porque percebia minha curiosidade a respeito de coisas que eram bem comuns para ela. Os ônibus vermelhos de dois andares. Os homens que fumavam Players N.º 6 depois de devorar uma pilha de feijão com batata frita. O fato de eu pedir molho de tomate e não ketchup, dizer sinal em vez de semáforo, e agradecer com um sotaque diferente. Angie me serviu uma porção de feijão mesmo depois que a cancelei. Era inacreditável a gentileza dos ingleses. Eu adorava meu novo país e queria pertencer a ele e ser tão inglesa quanto Angie, embora tivesse me ocorrido que ela não devia ser totalmente inglesa, porque a vi conversar em italiano com o dono da lanchonete.

Fiquei muito contente com o feijão gratuito. Espetei um grão com o garfo enquanto rabiscava nos guardanapos. A ideia de voltar para uma casa em que meu pai não estava mais era insuportável. Contei os grãos de feijão no prato. Felizmente havia uns vinte, o que me daria um pouco de tempo para descobrir como conseguir chegar à minha outra vida. Os escritores existenciais que eu achei que teriam alguma pista – eu sempre misturava as letras do sobrenome de Jean-Paul Sartre, então acabou saindo Jean-Paul Stare – com certeza não precisavam limpar o forno com esponjas perversas.

Elas eram perversas porque não se resumiam a um pedaço de material abrasivo com detergente e uma espuma do outro lado. No meu entendimento, as esponjas de cozinha foram feitas para acabar com a vida das mulheres. Essa ideia me deixou tão desesperada que pedi outra fatia de torrada para desacelerar a injustiça das coisas. Jean-Paul Stare era francês. Andy Warhol era meio tcheco, mas totalmente americano, como Liza Minnelli, que, como Angie, podia ser meio italiana e tudo o mais. Escrevi parte desse *tudo o mais* nos guardanapos com minha esferográfica que borrava, o que demorou bastante tempo. Quando levantei a cabeça, todos os motoristas de ônibus e pedreiros tinham voltado ao trabalho, e Angie me cobrava a torrada que eu tinha pedido a mais. Eu não tinha nem sequer percebido que ela me servira a torrada, e ainda me restavam quinze grãos de feijão para terminar. Para piorar, ela estava olhando descaradamente para os guardanapos que eu segurava na mão direita, com a palavra INGLATERRA escrita em todos eles.

"Quer que eu os segure para você?"

Eu não queria que Angie segurasse meus guardanapos porque eles faziam parte da minha vida secreta, e também fariam parte do meu primeiro romance, mesmo que só tivessem Inglaterra escrito e algumas palavras e frases estranhas. Ela ficou me olhando enquanto eu procurava moedas na bolsa, mas sem tirar os olhos dos guardanapos, como se algo terrível fosse acontecer se eu os soltasse. Ela tinha três dentes totalmente podres, da cor dos saquinhos de chá fumegantes que tirava da chaleira com uma colher.

"O que aconteceu com a sua mão?"

"Fui picada por umas abelhas."

Angie contorceu o nariz em solidariedade e gesticulou um "ui" com os lábios, reação muito maior que a da minha mãe.

"Onde estavam as abelhas?"

"Dentro da máquina de lavar."

"Ah." Dessa vez, ela revirou os olhos para o teto manchado de nicotina.

"Um pote de mel caiu dentro da lavadora de roupas. Tinha uma colmeia do lado de fora da casa, daí todas as abelhas voaram para dentro da máquina."

"Entendi." Ela sorriu. Depois fez a pergunta que eu sabia que ela queria fazer desde que entrei na lanchonete.

"De onde você é?"

Agora que tinha quinze anos, a África do Sul era uma parte da vida na qual eu tentava não pensar. Cada novo dia que eu passava na Inglaterra era uma oportunidade de praticar ser feliz e ensinar meus novos amigos a nadar. Eu achava que se o governo enchesse a piscina de chá, todos os ingleses adorariam mergulhar a cabeça na água. Todos seriam campeões da natação e ganhariam um monte de medalhas de ouro.

"Então, de onde você é?"

Angie repetiu a pergunta, para garantir que eu escutasse.

"Não sei."

"Bom, você não sabe muita coisa, não é?"

Decidi que era melhor concordar com ela.

Quando saí da lanchonete com os guardanapos na mão, eu sentia frio e sabia que o aquecimento central da minha casa não estava funcionando. Dois dias antes, o técnico que foi consertá-lo tinha dito: "Oficialmente declaro esse aquecedor impróprio para o uso. A lei diz que vocês precisam comprar um novo", e deu uma piscadinha, ligando o aquecedor e dizendo para telefonarmos se parasse de funcionar mais uma vez – o que aconteceu, duas horas depois de ele sair da casa onde minha mãe havia lhe servido chá numa caneca com a palavra "Amandla!" escrita. Minha mãe disse, "'Amandla' é uma palavra em zulu. Quer dizer PODER, FORÇA". O técnico disse, "Bom, esse aquecedor ainda deve ter força para mais alguns anos".

Quando passei pelo restaurante chinês chamado HOLY, encostei o rosto na vitrine e esperei que minha vida mudasse. Havia um saco enorme de brotos de feijão do lado de fora e uma placa na porta dizendo que estava fechado.

Uma garota chinesa, também com uns quinze anos, abriu a porta do restaurante e puxou o saco de brotos que estava na calçada.

"Só abrimos às seis horas", exclamou.

Olhei para a calça jeans que ela usava, com nesgas de um outro tecido costuradas na barra. Sua camiseta "I Love NY" batia em cima do umbigo, e ela usava sapatos brancos de salto agulha. Ela olhou para meu chapéu preto de palha, depois para meu sapato plataforma verde-limão do qual tanto me orgulhava e que acreditava que me ajudaria a sair de Finchley, mesmo que por enquanto só me desse uma visão diferente das coisas. Uma voz de mulher a chamou, gritando algumas ordens. Como eu, ela era uma garota com obrigações a cumprir.

Eu estava desesperada quando cheguei em casa (West Finchley). Como é que eu ia conseguir sair daquela vida no exílio? Queria viver no exílio do exílio. Para piorar as coisas, Sam estava deitado no sofá da sala batendo num tambor que segurava entre os joelhos. Quando me viu, parou de bater por três segundos e começou a dizer coisas profundas.

"Você sabia que aqui eles chamam coxa de galinha de baquetas?"

"Sério?"

"Ráááá ráááá ráááá ráááá."

Ele parecia um maluco. Comecei a rir também. Daí ele me disse para ficar quieta porque nosso *au pair* estava no quarto ao lado, de "mau humor".

Dois meses depois de papai ter deixado nossa primeira casa decente em West Finchley, mamãe disse que ia arranjar um *au pair* para "segurar as pontas" enquanto ela estava no trabalho. Sam e eu esperávamos uma moça bonita vinda da Suécia com um rabo de cavalo louro. Em vez disso, quando nosso *au pair* entrou pela porta, trazia nas mãos um livro enorme chamado *A Sexta Seção Plenária do Sexto Comitê Central do Partido Comunista Chinês, 1938.* Ele era careca, barrigudo, malhumorado e explicou que se chamava "Farid com F". Não entendemos por que ele se deu ao trabalho de falar do F, e ele nem ao menos perguntou nosso nome, só nos deu ordens. Farid nos contou que estava escrevendo sua tese de doutorado, que devíamos preparar um banho de banheira para ele regularmente e que preferia seu chá com uma fatia de limão e três cubos de açúcar. Ele ficou tão impressionado com as condições de higiene da nossa casa que, quando chegava da Faculdade de Economia de Londres, trancava-se no quarto e devorava três sacos de pistache só para não cozinhar na nossa cozinha. Farid não entendia por que nada na cozinha tinha tampa. Nós também não entendíamos. Até o pote novinho de iogurte, absolutamente intocado porque a cobertura de papel alumínio permanecia intacta, estava sem tampa sobre a pia. Alguém da família tinha simplesmente a arrancado a troco de nada. A única vez que Farid limpou o chão da cozinha, ele dobrou várias vezes uma toalha molhada, pisou descalço em cima dela e saiu andando pelo linóleo encolhendo os dedos de nojo por causa dos ossos de galinha e dos lacres dos vidros de ketchup, reclamando que sua mãe, no Cairo, jamais deixaria a casa chegar naquele estado de bagunça.

Concordamos secretamente com Farid e desejamos que nós também pudéssemos ir morar no Cairo. É claro, a gente se trancaria no nosso quarto limpo e arrumado, jogaria a chave fora, olharia as pirâmides lá fora e esperaria que alguém trouxesse um sanduíche – que é o que a gente fazia para Farid, que não parava de repetir que não gostava de manteiga de amendoim porque lhe caía como uma pedra no estômago. Mas naquele dia, sábado, nosso *au pair* estava fora de si. Quando Sam voltou a bater no tambor, Farid chegou marchando na sala, furioso, gordo e tremendo.

Será que não entendíamos que ele estava tentando ESCREVER em seu quarto? Será que não entendíamos que ele precisava terminar a dissertação sobre Karl Marx até segunda de manhã? Será que não conhecíamos o significado da palavra "doutorado", nem como aquilo daria o que comer a sua filha e a mandaria para uma boa escola? O rosto dele brilhava de tão vermelho, ele suava. Estava cercado de pôsteres na parede com mulheres sul-africanas se manifestando contra as Leis do Passe – as palavras "QUEM ATINGE UMA MULHER ATINGE UMA ROCHA" destacadas em coléricas letras maiúsculas. Perto da frase havia uma pintura a óleo de uma africana com uma caixa na cabeça andando descalça ao lado de um homem de bicicleta, os dois entrando no meio da poeira no horizonte. No tapete kilim havia três tampas que tinham sido jogadas a esmo no chão. Ketchup, Marmite, Picles Branston.

"POR QUE VOCÊIS (Farid sempre forçava as vogais em 'vocês') NUNCA BOTAM A TAMPA DE VOLTA?"

Ele sabia de alguma coisa. Embora a gente nunca tocasse no assunto, a coisa da tampa era um mistério para todo mundo. Tínhamos o desejo secreto de morar numa casa onde tudo tivesse uma tampa. Não se passava um dia sem que um de nós olhasse com tristeza para mais uma garrafa ou vidro colocado sem tampa na prateleira. Nunca pedíamos um ao outro para colocar as tampas de volta porque temíamos ser incapazes de fazê-lo. Talvez a história das coisas sem tampa tivesse começado depois que meu pai foi embora, mas a gente não se lembrava, muito menos queria pensar no assunto. Enquanto Sam batia enfurecidamente no tambor, os olhos brilhantes concentrados na parede em frente ao sofá, perguntei se Farid sabia onde nossa mãe estava. Ele sempre sabia onde ela estava porque ela era quem lhe garantia seu sustento. Na verdade, ela era tão boa para Farid que começamos a ter raiva dele. "A coitada da sua mãe", rosnou Farid, "foi fazer compras."

"COM-PRAS COM-PRAS COM-PRAS", repetiu Sam cantando sem parar, rindo e tocando tambor ao mesmo tempo. Farid se jogou em cima de Sam e arrancou-lhe o tambor das mãos. Depois pegou a baqueta de bambu e começou a bater na perna de Sam. Acima da cabeça dele havia um pôster da paz mundial, com três crianças brincando felizes num campo com uma bola, um ioiô e uma raquete. Farid estava fora de si. Dobrou os joelhos gordos para bater com mais força. Às vezes errava o alvo e batia na parede.

"VOCÊIS NÃO ENTENDEM COMO É SER ESTRANGEIRO NO SEU PRÓPRIO PAÍS?"

Farid dizer aquilo me fez rir histericamente enquanto Sam uivava.

"VOCÊIS" – vapt-vapt – "NÃO ENTENDEM" – vapt – "QUE EU NÃO SOU DO PAÍS DE VOCÊIS?"

O primeiro botão da camisa tinha se soltado e seu rosto escorria suor.

"EU NÃO TENHO NEM UM SAPATO ADEQUADO PARA ESSE LUGAR FRIO E ÚMIDO."

Isso foi o que aconteceu conosco também. Quando chegamos à Inglaterra, não tínhamos roupas adequadas. Em janeiro usávamos japonas com capuz e chinelos de dedo. Fevereiro era o mês das galochas e de um vestido de bolinhas sem mangas. E junho, que deveria ser o começo do verão, foi quando a gente acabou juntando tudo e usou roupas térmicas, botas, luvas e chapéus de lã grossa.

Gostei de ver Farid dizendo "país de vocês". Sim, eu disse para mim mesma, sou inglesa. A mais típica das inglesas. Enquanto Farid tentava bater no meu irmão, olhei para as cortinas que meu pai tinha embainhado uma noite depois de chegar do trabalho. Ele as fizera uma semana antes de sair de casa. Sam e eu ficamos parados perto dele, um de cada lado, nos debruçando para ver seus dedos grandes segurando a minúscula agulha de aço. Quando Sam deu um nó na linha de algodão e a devolveu para meu pai, ele disse: "Acho que estamos nos conhecendo de novo, não é?".

Farid não se parecia em nada com nosso pai. Para começar, se nosso pai ainda morasse conosco, teria dito, "Não torture o forno. Passe a esponja devagar na superfície". Por que ele sempre dizia para não torturar a chaleira, não torturar o interruptor, não torturar os cubos de gelo?

Meu pai tinha uma relação muito íntima com objetos como chaleiras, maçanetas e chaves. Segundo ele, os objetos precisavam ser compreendidos, nunca maltratados ou torturados. Encher a chaleira pelo bico sem lhe tirar a tampa era humilhar a chaleira. Girar uma maçaneta com muita força era lhe "dar uma surra". Ele não suportava o que chamava de "brutalidade" para com os objetos inanimados.

Enquanto Farid e meu irmão rolavam no chão se socando, eu ouvia pessoas cortando grama e lavando carros, coisas que as pessoas faziam na Inglaterra aos sábados, enquanto Joan, vizinha do lado, gritava para a cadela, "HOLLY, HOLLY, HOLLY, venha comer".

Farid tinha conseguido se levantar e agora encarava o rosto de Sam.

"Som", ele disse.

Parece que Farid queria dizer mais alguma coisa, mas não encontrou as palavras. Sem tirar os olhos do meu irmão, acabou perguntando onde nosso pai estava. Por que é que ele não morava conosco na casa da família?

"Mamãe e papai se separaram."

Farid sacudiu a cabeça, confuso. Pela primeira vez desde que tinha entrado pela porta de casa me passou pela cabeça que ele podia ser um cara legal. Ele até começou a pegar as tampas do chão.

Quando chegou com as compras, mamãe disse, "Tudo está bem calmo. Como é bom voltar para casa e ver que os filhos não estão brigando como sempre". Tirou da sacola uma garrafa de espumante Asti e a colocou na geladeira junto com seis potes de iogurte de avelã. Ótimo, pensei. Vou pegar essa garrafa na geladeira quando gelar e sair correndo para o parque. Depois vou beber tudo e me jogar em cima de um carro em movimento, deixando para meus biógrafos os guardanapos em que tinha escrito INGLATERRA. Eles vão se juntar na casa de Finchley para ver onde morei, e depois o governo vai afixar uma placa azul de condecoração na nossa primeira casa inglesa. Como sempre, meu irmão tomou para si a tarefa de interromper meus pensamentos e causar comoção.

"Farid me bateu", Sam choramingou para mamãe.

"Você bateu nele, Farid?"

"Sim, bati", confessou Farid com a voz mansa e lastimosa. "Ele estava tocando tambor enquanto eu traduzia o ensaio de Marx sobre trabalho assalariado, escrito para o congresso da Associação dos Operários Alemães em Bruxelas."

"Farid", disse mamãe, séria. "Nunca mais bata nos meus filhos, ou eu te tiro daqui pelas orelhas."

Nosso *au pair* sorriu. Parecia feliz pela primeira vez desde que chegou.

Naquela noite, pedimos comida indiana e assistimos à série *Steptoe & Son* na televisão. Sam deitou a cabeça no colo de mamãe e implorou para que lhe déssemos *dhal* na colher, como se ele fosse um paxá. Farid se sentou na poltrona em que papai sempre se sentava, mas a gente não ligava mais para isso. Disse que estava com dor de estômago por causa do estresse, mas comeu todo o carneiro ao *curry madras* e o que tinha sobrado do meu frango *korma*.

"Eu gosto muito dessa família. Vocêis são pessoas boas, mesmo sem saber como ter um lar. Mas eu não tenho lar na Inglaterra, por isso me sinto honrado por terem me dado um quarto na casa de vocêis."

Quando fui para a cama, eu estava estranha e insegura. Eu morava havia seis anos na Inglaterra e era praticamente a mais típica das inglesas. Ao mesmo tempo, eu tinha vindo de outro lugar, sentia falta do cheiro das plantas cujo nome eu não sabia, do som dos pássaros cujo nome eu não sabia, do murmúrio das línguas cujo nome eu não sabia. Onde exatamente ficava a África Meridional? Um dia eu olharia no mapa e descobriria. Passei aquela noite inteira em claro. Do meu quarto em West Finchley, eu tinha muitas perguntas a fazer sobre o país em que havia nascido. Como as pessoas se tornam cruéis e depravadas? Se você tortura uma pessoa, você é louco ou normal? Se um homem branco instiga seu cachorro contra uma criança negra e todo mundo diz que está tudo bem, se os vizinhos, a polícia, os juízes e os professores dizem, "Por mim tudo bem", vale a pena viver? E quanto às pessoas que não acham que está tudo bem? Há uma quantidade suficiente delas no mundo?

Quando ouvi o bater das garrafas que o leiteiro deixou na nossa porta, entendi subitamente por que, na nossa casa, as tampas de mel, ketchup e pasta de amendoim nunca estavam no lugar certo. As tampas, como nós, não tinham lugar. Eu tinha nascido num lugar e crescido em outro, mas não sabia direito a qual deles pertencia. E tinha uma outra coisa. Que eu não queria saber, mas sabia mesmo assim. Colocar uma tampa no lugar era como fazer de conta que nossos pais estavam juntos de novo, unidos um ao outro em vez de separados.

Rolei para fora da cama e encontrei os guardanapos que tinha trazido da lanchonete. Vi a palavra "Inglaterra" escrita a caneta no papel amassado e manchado de gordura de bacon, mas não consegui descobrir o que estava tentando dizer. Eu sabia que queria ser escritora mais do que qualquer coisa no mundo, mas tudo me oprimia e eu não sabia por onde começar.

4

Entusiasmo estético

"Às vezes é preciso saber onde parar." O chinês dono do armazém provavelmente viu que minha mão estava parada bem perto do punho de sua camisa quando disse isso. As palmeiras do lado de fora do restaurante estavam cobertas de neve quando terminamos a garrafa de vinho. Na verdade, as trilhas e os atalhos que indicavam o caminho de volta ao hotel haviam quase desaparecido. Ele ainda não tinha me dito como se chamava. Eu também não lhe dissera meu nome, embora soubesse que ele sabia por já ter lido um dos meus livros. Por alguma razão, o nome um do outro era uma coisa que não queríamos saber. Ele se virou para o casal alemão na mesa ao lado e os parabenizou por terem a esperteza de levar roupas de inverno para Maiorca em plena primavera. "Minha amiga aqui", disse apontando para mim, "está vestida para a praia."

O alemão começou a nos contar, em inglês, que tinham encontrado uma cobra enquanto caminhavam nas montanhas de manhã. Foi sorte estarem de botas. A cobra estava escondida na fenda de uma rocha. Poderia ter sido até uma cascavel. Nós sabíamos que cobras mortas podiam morder até uma hora depois de mortas?

"Sim," disse o chinês, "eu sabia disso." Ele se virou para mim e começou a falar de sopa de novo. Era obcecado por sopa. Ao que parecia, embora tivesse se esquecido da receita de uma sopa chinesa, ainda se lembrava de como fazer uma outra sopa. Era mais um mingau de arroz do que uma sopa, muito nutritiva, e aquecia no inverno, e ele gostava de acrescentar óleo de gergelim e pimenta. Não pude deixar de perceber que a mão dele agora estava bem perto da minha, e ele também deve ter percebido, pelo que disse em seguida.

"Agora me diga, onde você acha que seu corpo tem a pele mais fina?"

"Na ponta dos dedos?"

"Não. Vou lhe dizer. É mais fina nas pálpebras e mais grossa na palma das mãos e na sola dos pés."

Eu ri e ele sorriu. Depois ele riu e eu sorri. Ele disse que sentia falta do cheiro de amendoim torrado da China e que se esquecera de como fazer sopa chinesa com frutos do mar, mas que estava muito feliz por ter construído uma nova vida nas montanhas de Maiorca porque foi lá que eu o convidei para dividir uma garrafa de vinho numa mesa para três. E então me cutucou porque Maria acabava de entrar no restaurante e sacudia a neve das botas. Ela parecia surpreendentemente alta naquele casaco pesado ornado com peles. Acenei e ela veio até nossa mesa. Maria carregava uma malinha na mão enluvada. Seu semblante era sério e triste.

"Meu irmão me disse que você estava sentindo frio no quarto."

"É verdade."

"Passei você para outro quarto. Deixei cobertores em cima da cama."

"Obrigada."

"Você vai a algum lugar, Maria?"

"Sim."

Maria não quis falar. De jeito nenhum.

Abri a bolsa e lhe dei o chocolate que comprara no armazém do chinês, "*intensidad*", com o 99% ocupando quase toda a embalagem. Depois lhe paguei em dinheiro as quatro diárias do hotel, porque achei que ela poderia precisar para o que fosse fazer em seguida. Ela ficou feliz com o dinheiro vivo. Quando me beijou o rosto, senti seu coração batendo embaixo do casaco, rugindo feroz.

Depois, quando o chinês do armazém me acompanhou até o hotel passando pela trilha invisível da montanha, ele repetiu, "Na vida, às vezes não é o caso de saber onde começar, mas sim de saber onde parar". Ele me disse que quando morou em Paris, tantos anos atrás, sentia-se tão sozinho nos fins de semana que resolveu pegar um trem até Marselha. Estava andando perto do porto, o mistral soprava forte, e ele não falava praticamente nada de francês, mas quando viu dois policiais pararem um garoto norte-africano que não devia ter mais do que dez anos, ele também parou. O menino usava uma camiseta branca de algodão. Ela provavelmente cheirava ao sabão em pó que sua mãe tinha usado para lavá-la. Os policiais levantaram a camiseta do menino e começaram a lhe socar o estômago. Ele nunca mais se esqueceria daquilo, dois adultos levantando a camiseta de uma criança só para machucá-la com mais precisão. Ele se viu andando até o garoto, que aguentava firme as pancadas, e gritou para os policiais em francês com seu divertido sotaque chinês, "Parem, parem, parem, parem, parem". Não foi exatamente um ato heroico, mas era o que ele queria que fizessem. Eles pararam. Pararam e foram embora.

O chinês do armazém então me disse, "É aqui que você deve parar, chegamos ao seu hotel". Paramos na varanda e ele aproximou sua cabeça da minha. Dava para ver o grisalho nos cabelos pretos.

Quando nos beijamos, eu soube que estávamos no meio de uma catástrofe e não sabia se alguma coisa estava começando ou parando. A gola do casaco de inverno que ele usava estava molhada onde a neve derretia. Ele tirou o casaco e me entregou. "Vai precisar disso se sair para caminhar, e eu tenho outro. Você precisa se vestir de acordo com o clima do lugar onde está."

Algum tempo depois, subi os degraus de mármore, passei pelo grande cacto plantado num vaso no alto da escada e segui até a porta de carvalho desgastada de um quarto no segundo andar. Abri a porta com a chave que Maria colocara despistadamente na minha mão quando lhe entreguei o dinheiro. Era menor do que o quarto do andar de cima. Havia uma pilha de cobertores caprichosamente dobrados nos pés da cama, e diante de uma janela que dava para a velha palmeira no jardim, uma escrivaninha e uma cadeira. Fora obviamente complicado colocar a escrivaninha ali dentro, mas Maria havia passado com ela pela porta e a enfiado entre a janela e a cama.

Eu tinha uma vista. Eu tinha uma escrivaninha. O quarto estava aquecido. Três grandes toras queimavam na lareira. Num cesto, ao lado, havia outras toras arrumadas uma em cima da outra. O quarto estava tão quente que imaginei que a lareira queimava havia algum tempo.

Maria saíra com pressa. Numa tempestade de neve. Será que o mundo que ela criou nas montanhas tinha ficado pequeno demais? Será que não ansiava por colher os limões e laranjas no pomar que irrigava? Ela também tinha plantado os legumes e as oliveiras e montado as colmeias de onde colhia o mel espesso e aromático que servia no café da manhã. Era Maria quem assava o pão e moía os grãos de café. As toras de lenha que me manteriam aquecida durante a noite também foram cortadas por ela. Maria tinha ido embora num impulso e sem dinheiro suficiente. Será que queria seguir sozinha e dar continuidade ao que quer que tivesse que ser feito dali em diante?

Ocorreu-me que tanto eu quanto Maria estávamos fugindo no século XXI, exatamente como George Sand, cujo nome também era Amandine, tinha fugido no século XIX, e Maria cujo nome também era Zama buscava um lugar para se recuperar e descansar no século XX. Fugíamos das mentiras encobertas pela linguagem da política, dos mitos sobre nossa personalidade e nosso objetivo de vida. Era provável que fugíssemos também dos nossos próprios desejos, quaisquer que fossem. Melhor rirmos de tudo, não dar tanta importância.

A maneira como rimos. Dos nossos próprios desejos. A maneira como zombamos de nós mesmas. Antes que outra pessoa o faça. A maneira como somos programadas para matar. A nós mesmas. Não vale a pena pensar a respeito.

Havia outra coisa na qual eu não queria pensar. Naquela tarde, quando parei em frente ao mar e ri de mim mesma embaixo de densas nuvens, o que me veio à cabeça foi o piano no saguão de Maria, o piano que era polido todos os dias mas nunca tocado. Eu não queria saber que tinha sido silenciada como aquele piano. Por alguma razão, lembrei-me de como eu costumava chupar laranjas quando criança em Joanesburgo. Primeiro, eu precisava encontrar uma que coubesse na minha mão. Então procurava no saco da despensa uma laranja pequena, porque as pequenas tinham mais caldo. Depois, rolava a laranja com o pé descalço para deixá-la macia. Isso demorava muito, e a ideia era que a fruta soltasse o caldo sem romper a casca. Eu precisava sentir isso tudo só com a sola do pé. Minhas pernas eram bronzeadas e fortes. Eu me senti muito poderosa quando descobri como usar minha força mesmo em algo tão pequeno quanto uma laranja. Quando ela estava pronta, eu fazia um buraco na casca com o polegar e chupava o caldo adocicado. Essa estranha lembrança, por sua vez, me fez lembrar do verso de um poema de Apollinaire. Eu havia escrito esse verso no caderno polonês, vinte anos antes: "A janela se abre como uma laranja".

O piano mudo e a janela se abrindo como uma laranja e o caderno polonês que eu levara comigo para Maiorca se conectavam com meu romance ainda inédito, *Nadando de volta para casa*. Percebi que a pergunta que eu me fizera enquanto escrevia o livro chegava (como dizem os cirurgiões) muito perto do osso: "O que fazemos com o conhecimento com o qual não suportamos conviver? O que fazemos com as coisas que não queremos saber?".

Eu não sabia como colocar meu trabalho e meus escritos no mundo. Eu não sabia como abrir a janela como uma laranja. Quando muito, a janela tinha se fechado em cima da minha língua, como uma guilhotina. Se aquela era minha realidade, eu não sabia o que fazer com ela.

Enquanto olhava a neve se acumular nas folhas da palmeira no jardim de Maria, me fiz outra pergunta. Devo aceitar minha sorte? Se eu fosse comprar uma passagem e viajar até a aceitação, se fosse cumprimentá-la e apertar-lhe a mão, se fosse entrelaçar meus dedos com a aceitação e caminhar todos os dias de mãos dadas com ela, como eu me sentiria? Depois de um tempo, percebi que não podia aceitar minha pergunta. Uma escritora não pode se dar ao luxo de sentir a vida com muita clareza. Se o fizer, escreverá com raiva quando deveria escrever com calma.

> Ela escreverá com raiva quando deveria escrever com calma. Escreverá com estupidez quando deveria escrever com sabedoria. Escreverá sobre si mesma quando deveria escrever sobre suas personagens. Ela está em guerra com a própria sorte.
>
> Virginia Woolf, *Um teto todo seu* (1929)

Eu tinha dito ao chinês dono do armazém que, para me tornar escritora, precisei aprender a interromper, a projetar minha voz, a falar um pouco mais alto, e depois mais alto, e depois a simplesmente usar minha própria voz, que não é nada alta. Nossa conversa me levou a lugares que eu não queria revisitar. Eu não esperava voltar à África enquanto me abrigava de uma tempestade de neve em Maiorca. Mas, como ele salientara, a África já tinha me revisitado quando, em Londres, me vi soluçando nas escadas rolantes. Se eu pensava que não estava pensando no passado, o passado estava pensando em mim. Concluí que era verdade, porque o chinês do armazém, cujo pai era siderúrgico, tinha me dito que as escadas rolantes, patenteadas em 1859 por Nathan Ames de Massachusetts e depois redesenhadas pelo engenheiro Jesse Reno, foram apresentadas para o mundo moderno como "transportadoras sem fim".

Reposicionei a cadeira e me sentei à mesa. Olhei as paredes procurando por um lugar para ligar o laptop. A tomada mais próxima da escrivaninha ficava em cima da pia, uma instalação precária para o barbeador elétrico de um cavalheiro. Naquela primavera em Maiorca, numa fase em que a vida estava muito difícil e eu simplesmente não via lugar nenhum para onde ir, ocorreu-me que eu precisava chegar apenas até aquela tomada. Ainda mais útil para uma escritora do que um teto todo dela é uma extensão elétrica e uma variedade de adaptadores para tomadas europeias, asiáticas e africanas.

Este livro foi composto com tipografia Adobe Garamond Pro e impresso em papel Off-White 80 g/m² na Formato Artes Gráficas.